낮은 곳에서 피운 꿈

낮은 곳에서 피운 꿈

웨이터 출신 지자체 국장의 삶

초 판 1쇄 2025년 05월 29일

지은이 박성복
펴낸이 류종렬

펴낸곳 미다스북스
본부장 임종익
편집장 이다경, 김가영
디자인 임인영, 윤가희
책임진행 김은진, 이예나, 김요섭, 안채원, 장민주

등록 2001년 3월 21일 제2001-000040호
주소 서울시 마포구 양화로 133 서교타워 711호
전화 02) 322-7802~3
팩스 02) 6007-1845
블로그 http://blog.naver.com/midasbooks
전자주소 midasbooks@hanmail.net
페이스북 https://www.facebook.com/midasbooks425
인스타그램 https://www.instagram.com/midasbooks

ISBN 979-11-7355-251-9 03810

값 **18,000원**

미다스북스는 다음세대에게 필요한 지혜와 교양을 생각합니다.

박성복 자서전

낮은 곳에서 피운 ── 꿈

웨이터 출신 지자체 국장의 삶

9급에서 4급까지, 36년 공직 노하우

가난을 딛고 주민을 섬기기까지

가장 낮은 곳에서 시작한 뜨거운 여정

미다스북스

장난감을 싫어하고,
음악을 사랑했던 소년 시절 일화에서부터

새내기 공직자로 첫걸음을 내디뎠던
치열한 한 시절의 흔적까지

시민을 위해 가장 낮은 곳에서,
가장 가까운 곳에서 앞장서 왔습니다.

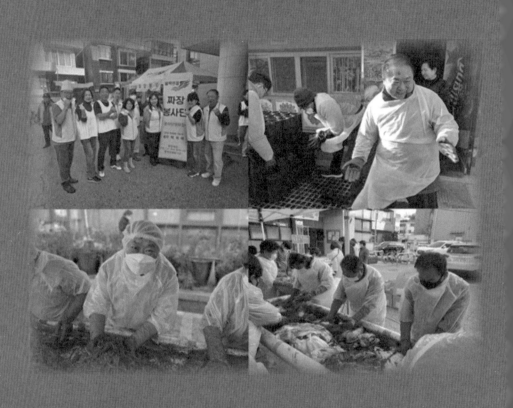

이제는 퇴직 이후,
지역사회 봉사자들과 더불어 함께하는
아름다운 동행의 길을 걸어가고자 합니다.

1부   고달팠던 흙수저 시절

2부   어쩌다 공무원에 덜컥 합격

3부   끊임없는 혁신은 또 다른 기회

4부 　삶의 무게이자 원동력, 가족 그리고 봉사

점을 찍는다는 것은 매우 중요한 일이다. 길게 쭉 뻗은 대나무가 강한 비바람에도 부러지지 않고 버틸 수 있는 것은 무엇 때문일까? 바로 마디 때문에 그렇다. 인생을 살면서 매년 반복되는 기념일을 챙기는 일은 인생의 마디를 만들기 위함이다. 오늘 솟아오른 태양이 내일의 태양과 구분되는 것 또한 마디를 만들기 위함이라고 할 수 있다. 대나무는 마디 덕분에 모진 비바람에도 꺾이지 않는다. 지금 이 순간도 나는 마디를 만들기 위한 점을 찍는다.

1960년대는 모두에게 어려운 시기이기는 했으나 나는 유독 어려운 환경 속에서 유년 시절을 보냈다. 장난감 행상과 청소부를 하시면서 3남 2녀의 자식들을 굶주리지 않도록 하려고 하루하루를 노심초사하며 삶을 살아오신 어머님, 그리고 아버님.

가난을 극복해 보고자 동생들을 위해 학업도 포기하고 봉제공장을 다니며 고생만 하다 서른여섯 젊은 나이에 먼저 떠나가신 누님, 그리고 칠순을 맞은 형님, 여동생과 남동생, 우리 가족들은 어려운 삶을 극복하려고 치열하게 살아왔다.

하지만 지난 세월이 마냥 고통스러운 것만은 아니었다. 어려움 속에서도 간간이 찾아온 행복은 사막의 오아시스와 같았다. 고통의 순간도 행복의 순간도 모두 삶의 추억인 것이다. 초등학교 시절 마냥 즐거워야 했을 소풍과 운동회 때 장난감 행상을 하려고 따라온 아버지를 부끄러워했던 일, 청소부였던 아버지의 공백을 메우기 위해 새벽의 찬 공기를 마시며 가로 청소를 했던 일, 세차장에서, 공사 현장에서 막노동 일을 하면서 힘겹게 삶을 버티던 청년 시절, 나이트 웨이터를 하면서도 포기하지 않고 미래를 향한 꿈을 꾸었던 시절, 모두가 추억이었다.

23세의 나이에 공직에 첫발을 내딛고 오직 시민만을 바라보며 열정을 다했던 36년의 시간들. 정년퇴직에 즈음하여 이 모든 것들이 머릿속에 맴돌며 회상되고 있다. 기록되지 않은 기억은 생각보다 더 추억으로 남지 않는다. 늙어서 돈이 없는 것만큼 서러운 게 추억이 없는 것이라고도 한다.

인생을 봄·여름·가을·겨울 사계절에 비유한다면 지금 나는 가을쯤에와 있다고 할 수 있을 것이다. 변화와 성장 그리고 그 누구보다도 열정적으로 살아온 공직자의 길이었기에, 역경을 딛고 나름 보람된 삶을 살지 않았나 생각한다. 다소 미련해 보이기도 하겠지만 말단 9급에서 4급까지 그리고 퇴직 후 제2의 인생도 걸어서 하늘까지 한 발 한 발 성실하게 걸어가 보고자 한다. 그리고 해 질 녘 붉게 물드는 가을의 들판처럼 남은 삶을 성숙하게 살기 위해 그동안 공직으로 단련해 왔던 경험들을 풀어내고자 한다. 대과(大過) 없이 정년퇴직을 할 수 있게 물심양면으로 애써 주시고 묵묵히 응원해 주시는 모든 분께 머리 숙여 감사드리며, 열정 가득했던 나의 인생사가 공직 후배들에게도 미약하나마 도움이 됐으면 하는 바람이다.

1부

고달팠던 흙수저 시절

낮은 곳에서 피운 꿈

장난감을 싫어했던 꼬마

1960년대 의정부 가능동 지역은 거의 논바닥에 채소를 심을 수 있는 밭이 많았고 꽤 큰 면적의 배밭이 있었다. 수리를 위한 방죽이라는 저수지와 연못이 몇 개 있었던 마을이었다. 북쪽으로는 능곡역까지 가는 교외선 철길이 있었고 철길 넘어 홍복산 아래에는 CRC(캠프레드 클라우드)라는 명칭의 미2사단이 자리하고 있었다. 농사일 또는 미군부대와 연관된 일을 하는 사람들이 주로 모여 살던 곳이었다. 가까운 거리에 있던 철길에 얽힌 청소년기의 추억도 많다. 교외선은 20여 년 전인 2004년 운행을 중단했다가 2025년 재개통돼 지금은 운행을 재개하고 있다.

철길 옆에 사는 집엔 자녀가 많다고들 하는데 우리 집도 3남 2녀의 대식구였다. 부모님을 포함 7명이 두 칸의 방에서 잠을 잤던 시절이다. 내가 살던 동네는 배밭 쪽이었는데 배밭 가운데 우리나라 지도 형상을 한 연못이 있었다. 어렸을 때는 이곳에서 장난감 총싸움을 하고 놀았던 놀이터이기도 했다. 연못에는 물이 없어 적당한 숲과 적당한 음침함이 있어 숨고 뛰어 놀기에 안성맞춤이었던 곳이다. 이 자리에 5층짜리 주공아파트가 들어섰고 지금은 재개발해서 SK아파트가 자리 잡고 있다. 일명 신촌이라는 마을이다. 총 놀이를 할 때 나의 총은 항상 최신식이었다. 왜냐하면 아버지께서 장난감을 자전거에 싣고 다니며 파는 일, 즉 장난감 행상을 하셨기 때문이다. 물론 한 번 가지고 놀았던 장난감을 깨끗이 씻어 다시 팔기도 해서 최신식을 유지할 수 있었다.

장난감을 가지고 놀 때는 좋았지만 아버지 따라 장사를 같이 다녀야 할 때는 쥐구멍이라도 있으면 숨고 싶을 정도로 싫었다. 나는 국민학교 2학년 때부터 미2사단 길가에 자리를 깔고 장난감을 팔곤 했다. 미군부대 앞은 밤에 미군들이 나와 유흥을 즐기던 곳으로 클럽과 통닭·피자 등 튀김류를 파는 식당들이 즐비해서 꽤 번화가의 모습을 하고 있었다. 미군들은 영내 생활도 했지만 대부분은 한국인들과 살림을 차려 영외 거주했고 부대 앞과 신촌 지역에 방을 얻어 생활하는 미군들이 많았다. 크리스마스이브 같은 날이면 장난감을 팔기에 딱 좋은 대목이었다. 눈 오는 크리스마스이브 날 가로등 불빛 아래서 어머니께서 손수 떠 주신 벙어리장갑을 끼고 손을 호호 불며 늦은 밤까지 장난감을 팔았던 기억이 지금은 추억으로 자리하고 있다. 아마 지금 같았으면 뉴스에서나 나올 이야기이지만 그때는 하루에 두 끼, 그것도 저녁은 칼국수, 수제비 같은 분식으로 끼니를 때워야 하는 시기였기에 춥고 힘들어도 살아 있음에 감사하며 하루하루를 보냈다. 당연히 꿈과 희망은 없었다. 지금보다 배불리 먹고 따뜻한 곳에서 기거할 수 있다면 그것이 행복 아니겠는가 하는 생각을 하며 지내던 시절이었다.

나는 국민학교 1학년부터 학급 반장이나 회장을 했었다. 불우한 환경이지만 나름 리더십은 있었기에 친구들의 지지를 받았던 것 같다. 지금도 가능초등학교와 의정부고등학교 동창회장을 맡고 있다. 조숙해서 키도 다른 친구들보다 훨씬 컸기에 그랬을 수도 있다. 6학년까지 맨 뒷자리를 놓치지 않았다. 그 시절은 키 순서대로 번호가 부여되고 자리 또한 키 작은 사람이 앞에, 키 큰 사람은 뒤에 앉았기 때문이다. 봄과 가을에는 소풍을 갔었는데 소풍 가는 날이면 걱정이 태산이었다. 아버지와 어머니가 항상 따라오셨기 때문이다. 부모님은 그냥 학부모로 오시는 게 아니라 장사를 하러 오셨기에 점심을 장사하는 부모님과 함께 먹어야 했다. 부모님은 소풍날이 또 다른 대목이었기에 학교별 소풍날을 파악해 장사를 다니셨고 내가 소풍을 갈 때면 우리 학교 소풍 장소로 오신 것이다.

당시 가능국민학교의 단골 소풍 장소는 선돌, 밤나무골, 안골, 장암동 동막골 등이었다. 풍족하지는 않지만 아들에게 김밥이라도 먹여야 한다는 생각에서였을 것이다. 학급 반장을 하면 보통 선생님의 도시락도 준비하고 학부모도 같이 담임 선생님과 식사를 하는 게 예의였던 시절이었다. 그러나 나는 그럴 수가 없었다. 부모님은 장난감을 파셔야 했기 때문이다. 철이 없던 시절, 이러한 상황이 부끄러웠고 친구들이 알면 어쩌나 소풍 때가 되면 항상 걱정을 했다. 1년에 한 번인 가을 운동회 때에도 상황은 같았다. 철이 들고부터 부모님이 자식들을 키우기 위해 얼마나 고생하셨는지를 생각하게 됐고 그때 집안 환경을 부끄러워했던 나 자신이 못났다는 것을 한참 후에나 알 수 있었다.

"너의 마음속 목소리를 들어봐."

영화 <토이 스토리>에서

명절엔 장사를 돕던 아이

설날과 추석이 다른 사람들에게는 연휴이겠지만 우리 집은 대목을 보는 바쁜 날 중에 바쁜 날이었다. 설 명절 전에는 동네 방앗간에 긴 줄이 생긴다. 어머니는 세상없어도 설 전날에는 꽤 많은 양의 쌀을 담가 두었다가 방앗간에 가서 하얀 가래떡을 뽑아 어느 정도 마르면 떡을 썰어 보관해 두셨다. 차례상에 올릴 떡만둣국에 넣을 떡을 만드신 것이다. 명절이 지나고도 우리 가족은 한동안 가래떡을 구워도 먹고 떡국으로도 끓여 먹었다. 어머니는 가족의 간식과 양식을 준비하신 것이다. 추운 겨울 방앗간 줄 서는 일은 내 담당이었다. 김이 모락모락 나는 떡이 기계에서 나오면, 방앗간에서 일하시는 아주머니는 가위로 떡을 일정한 길이와 크기로 자른 뒤 가지고 간 다라(대야)에 옮겨 놓는다. 군침을 삼키며 대야 안의 가래떡을 바라보았던 그 순간이 지금도 눈에 선하다.

아버지는 효심이 컸던 분이셨다. 아버지 고향은 경기도 광주 실촌면이었는데 할아버지 제사 때가 되면 행상을 하시던 자전거로 천호동, 신장(지금의 하남), 경안(광주)을 거쳐 곤지암, 실촌면 큰집으로 제사를 지내러 다니셨다. 자동차가 많은 지금은 말도 안 되는 거리이지만 그때는 차도 거의 없었기에 별수가 없었다. 여름 방학에 아버지와 함께 시골을 가면 올라오실 때 어머니 몰래 할머니 손에 몇만 원을 쥐어 주시던 모습이 눈에 선하다. 아버지는 설과 추석이 되면 한 번도 차례를 거른 적이 없다. 차례를 마치고 아침 식사를 한 후 아버지는 나를 데리고 의정부제일시장 들어가는 입구인 육거리에 좌판을 펴고 장난감을 파셨다. 명절 때는 시장 대부분의 상가가 문을 닫아서인지 장난감이 꽤 잘 팔렸다. 때문에 우리 집은 차례를 항상 동이 트기 직전에 지냈다. 빨리 가서 자리를 맡아야 하루 노점 장사를 할 수 있기 때문이다. 또래 친구들은 세배를 다니며 세뱃돈을 챙길 때 나는 아버지와 세뱃돈이 아닌 생계를 위한 돈을 벌려고 새벽을 가르며 다녔다. 다만 의문인 것이 다른 식구들도 있었는데 왜 아버지는 주로 나를 데리고 다니며 장사를 하셨는가이다. 돌아가시기 전에 여쭸어야 했는데 끝내 못 여쭸다. 장사뿐 아니라 벌초, 제사 때 항상 나를 데리고 다니셨다. 차멀미도 심하게 하고 남의 집 음식도 가리는 나로서는 곤욕스러웠지만 핑계를 대거나 꾀를 부리지 않고 아버지를 따라다녔다. 지금 곰곰이 돌이켜 보면 아마도 아버지께서 나에 대한 사랑이 유난히 깊으시지 않았나 하는 생각이다. 어머니는 추석에는 방앗간에서 떡을 빻아다 송편을 빚어 차례를 준비하셨다.

녹양동 공설운동장 일대는 옛날에 야산이었는데 거기서 솔잎을 따다 씻은 후 송편과 같이 쪘다. 솔향기 폴폴 나는 그때 그 송편의 맛은 잊을 수 없는 추억의 맛이다. 무엇을 먹으려면 항상 노동을 해야 했기에 맛난 것을 먹는 기쁨과 번거로움이 항상 공존했다. 아버지와 나 그리고 가족들은 추석에도 차례를 지낸 후에는 영락없이 의정부제일시장 근처 육거리로 향했다. 어떤 때에는 쉬고 싶은 마음에 비나 눈이 오기를 바란 적도 있다. 노점은 하늘이 도와주지 않으면 할 수 없기 때문이다. 40년이 훌쩍 지난 지금, 어릴 적 민족의 대명절인 설과 추석이 나에게는 생계를 위한 대목을 보는 날로 추억되고 있다. 그때 아버지께 하지 못한 말을 전하고 싶다. "아버지 사랑합니다." 꿈에서라도 한번 뵙고 싶은 아버지….

"모든 남자의 죽음은 아버지의 죽음으로부터 시작된다."

오르한 파묵

청소부로 전직한 아버지

의정부 시내는 물론 북쪽으로는 동두천 턱걸이라는 곳과 연천까지, 남쪽으로는 쌍문동까지 자전거에 장난감을 잔뜩 싣고 행상을 다니시던 아버지는 삶의 무게와 장난감의 무게에 힘이 부치셨는지 40대 후반에는 가로 청소원으로 전직을 하셨다. 구역은 호원동으로, 평화로 호원 검문소에서 의정부3동 경계 지점까지였던 것으로 기억한다. 아버지가 편찮기라도 하셔서 출근하지 못하면 어머니와 나는 도로 청소를 하러 나가곤 했다. 지금의 키가 국민학교 6학년 때와 비슷하니까 아버지가 하시는 일을 대신하기에는 무리가 없었다.

아버지가 한 달 정도 출근을 못 하는 일이 생겼다. 부재 기간이 길어지면 다른 사람을 채용하게 되고 아버지는 실직을 할 수 있었기에 어머니와 나는 아버지가 맡은 구역에 나가 도로 청소를 했다. 중학교 1학년 입학을 앞둔 겨울 방학 때의 일이다. 아직 어둠이 채 가시지 않은 도롯가엔 세차게

찬 바람이 불고 있었다. 몸을 움직이기 힘들 정도로 옷을 여러 벌 껴입고 모자도 푹 눌러쓰고 안 하던 목도리까지 챙겼다. 추위도 추위이지만 혹시라도 마주치게 될 친구들이 알아보지 못했으면 하는 바람이 있기도 했다. 사춘기였기 때문이었나, 왜 그리 주위를 의식했는지…. 어두운 도로에 불어닥치는 차디찬 겨울바람은 손과 발, 얼굴마저도 얼얼하게 했다. 한기 속에 열심히 도로를 쓸다 보면 입었던 옷을 하나씩 벗게 된다. 급기야 이마엔 땀방울까지 송골송골 맺히기도 한다. 가족을 위해 이 일을 매일 하시는 아버지를 생각하니 가슴 한구석이 먹먹해졌다. 웬만한 남자들도 해내기 힘든 일인데 삶의 끈이 끊기지 않도록 하기 위함일까, 어머니 또한 필사적으로 도로를 청소하고 있는 모습은 어린 내가 보기에도 안쓰러웠다. 서너 시간의 작업을 마치고 나면 어둠은 사라지고 동이 텄다. 해가 중천에 오르기 전 집에 돌아와 따뜻한 아랫목에 손을 넣으면 천국이 따로 없다. 6학년 겨울방학은 그리 아픈 추억을 남기며 지나갔다. 그나마 다행인 점은 내가 겨울방학이 끝나기 전 아버지께서도 건강을 회복하셔서 다시 일을 할 수 있게 됐다. 인생에서 위기의 순간은 언제 찾아올지 모르지만 사랑하는 사람들과 같이 부대끼며 이겨내는 맛도 그리 나쁘지는 않았다.

"나는 참고 있던 눈물을 찔끔 흘리고 말았습니다. 나는 얼른 이마에 흐른 땀을 훔쳐 내려 눈물을 땀인 양 만들어 놓고 나서, 아주 천천히 물수건으로 눈동자에서 난 땀을 씻어 냈습니다. 그러면서 속으로 중얼거렸습니다. 눈물은 왜 짠가."

함민복

졸업식에 온 가족이 총출동한
남다른 이유

2월은 긴 겨울 방학이 끝나고 졸업 시즌이 찾아온다. 먹고살기에 바쁜 우리 가족이 대목을 맞는 기간이다. 아버지는 어디서 구하셨는지 경기북부에 소재한 초·중고교의 졸업 날짜가 인쇄된 종이를 갖고 계셨다. 졸업식장에 가서 축하 꽃다발을 파는데 온 가족이 동원됐다. 여동생과 남동생은 어렸기에 열외됐고 아버지와 어머니가 한 팀, 형님과 내가 한 팀으로 졸업식장을 누비며 꽃을 팔았다. 아버지가 도매로 꽃을 사 오면 박스에 담아 버스를 타고 졸업식이 열리는 학교 앞에 좌판을 펴고 꽃을 팔았다. 형님과 나는 오토바이를 타고 장사를 하러 다녔다.

내가 중학교 때의 일이다. 전날 대설이 쏟아져 평화로에 눈이 소복이 쌓여 길이 미끄러웠다. 지금은 눈이 내리면 지자체별로 제설작업을 전쟁처럼 하고 있으니 대로변뿐 아니라 골목까지도 제설 작업이 잘돼 있지만 그때는 차량도 많지 않기 때문에 눈이 오면 대로변도 곧잘 빙판길로 변했다. 길에서 스키를 타도 될 정도의 상태였다.

양주에 있는 조양중학교 졸업식장에 가서 장사를 하기로 마음먹고 이른 새벽 아침밥을 물에 말아 김치와 함께 먹는 둥 마는 둥 하게 먹은 후 오토바이에 짐을 잔뜩 실은 채 집을 나섰다. 형님이 운전을 하고 나는 뒷좌석에 앉았다. 그 뒤에는 짐을 실었다. 교통경찰이 있었다면 딱지를 끊길 상황이었다. 미끄러운 길을 엉금엉금 조심스레 오토바이를 몰고 갔지만 양주와 의정부의 경계 지점에 있는 군사 시설인 방호벽 부근에서 좌회전하다 미끄러져 오토바이가 길 위에 나뒹굴었다. 오토바이 자체의 무게도 무게이지만 짐의 무게를 이기지 못하고 미끄러진 것이다. 형님과 나의 다리에서는 피가 흘러 고일 정도의 상처를 입었지만 이날 장사를 포기할 수는 없었다. 흐트러진 짐을 정리해서 다시 조양중학교로 향했다. 일찍 가서 자리를 맡아야 하는데 오토바이가 미끄러지는 사고로 늦게 도착해 맨 끝자리에서 간신히 장사를 할 수 있었다.

뼈에 큰 문제는 없었지만 타박상으로 며칠간 장사를 못 했다. 상가를 임대해 장사할 수 없었던 우리 가족은 장난감과 꽃을 팔기 위해 좌판을 옮겨 다니며 행상으로 생계를 유지했다. 3남 2녀의 삶은 그렇게 유지되고 있었다.

"위험을 감수하지 않으면 인생에서 가치 있는 것을 얻지 못한다. 아무것도. 모두가 성공을 위한 기본 소양과 재능을 갖췄다. 하지만 실패할 배짱이 있는가? 만약 실패하지 않았다면, 당신은 시도조차 하지 않은 것이다."

덴젤 워싱턴 '2011년 펜실베이니아 대학교 졸업 연설'

음악을 사랑했던 소년

70년대까지는 우리나라가 북한보다 경제가 어려웠다. 1970년 1인당 GDP가 북한이 380달러, 한국이 275달러였다고 한다. 당연히 여가 놀이 문화도 발달되지 않았고 TV도 동네에 한두 집만 있는 형편이라 저녁을 먹고 TV가 있는 집 앞마당에서 TV를 보는 게 유일한 낙이었다.

그때 〈여로〉, 〈별당아씨〉 같은 드라마 프로그램이 유행이었다. 어린이 프로그램으로는 〈타잔〉이 인기였고 이후 〈600만 불의 사나이〉, 〈소머즈〉, 〈원더우먼〉 등이 눈길을 끌었다. 인기 프로그램을 하루라도 빠지지 않고 보려고 자리 잡기 경쟁을 했던 웃픈 시절이었다. 동네에는 공원 같은 시설은 전무했지만 조금이라도 넓은 공간이나 공터가 있기만 하면 '사방치기', '자치기', '말뚝박기' 등을 하며 놀았던 시절이었다. 그 외의 시간에 나는 피리를 불며 시간을 보내곤 했다. 요즘 사람들은 '리코더'라 부르고 있는 저렴한 악기다.

가능국민학교에는 밴드부가 있었다. 트럼펫·트롬본·튜바·바리톤·색소폰 등 관악기와 작은북·큰북·심벌즈 등을 고루 갖춘 의정부 유일의 국민학교 스쿨밴드부였다. 4학년 때 밴드부에 들어간 나는 트롬본을 연주했다. 밴드부 전원이 한 반으로 구성돼 6학년 졸업까지 함께했고 담임 선생님도 한 분이 3년간 도맡았다. 우리 반은 밴드부 반이라고 불렸다. 수업이 종료되면 매일 학급이나 학교 운동장에서 합주 연습을 하고 하교했다. 피리나 하모니카 외에 다른 악기를 접할 수 없는 시절에 새로운 악기를 접할 수 있는 좋은 기회이기도 했다. 향토 예비군의 날 행사, 매주 아침 조회나 운동회, 졸업식 등 크고 작은 학교 행사에서 우리 반 친구들은 행사의 질을 높였다. 지금은 학교에 밴드부가 없어졌고 악기 취미나 동아리 활동을 통해 사교육을 받는 환경으로 바뀌었다.

중학교 시절은 추첨으로 경민중학교에 배정받았는데 의정부중학교에는 밴드부가 있었지만 경민중학교에는 밴드부가 없어 활동을 못 했다. 의정부고등학교에 진학해 밴드부에서 트롬본을 연주할 수 있었다. 국민학교에서는 동급생, 그것도 밴드부로 결성된 특수반이어서 같은 반 학생들끼리의 활동이라 분위기가 좋았지만 고등학교는 1~3학년생이 같이 활동하니까 위계질서가 꽤 엄격했다. 1학년은 선배들이 악기 연주를 한 후에나 간간이 배우는 정도였고 주로 악기를 나르고 닦고 심부름을 하는 등 허드렛일부터 시작했다. 밴드부는 군기가 있는 동아리로 유명했다. 하지만 나는 트롬본을 처음 만져 본 게 아니고 초등학교 때 3년 동안의 연주 경험이 있었기에 악보도 볼 줄 알았고 연주도 가능했다. 경력을 인정받아 허드렛일보다는 직접 연주에 참가할 수 있었다. 스쿨밴드에서 행진을 할 때나 행사를 할 때 대열은 트롬본이 가장 앞에 선다. 이유는 슬라이드를 뺐다 꼈다 하면서 연주하기 때문이다. 저학년 때 피리로 시작한 연주가 고교 때에는 (수준이 높지는 않았지만) 이 악기 저 악기를 다룰 수 있는 연주자로 나름 성장했다.

이후 기타와 색소폰을 접했다. 당시 청소년들에게 그룹사운드가 유행이었다. 나는 낮은 수준이지만 그룹사운드도 만들어 교회 '문학의 밤' 행사에 초청받아 연주도 했다. 당시 세컨드 기타를 연주했다. 100w짜리 앰프를 임대해 리어카를 끌고 골목을 누비던 일들이 지금은 아름다운 추억으로 남아있다. 그때 친구들 중 음악을 계속하는 친구는 없지만 현재 베트남에서 통닭집을 운영하는 '문지환'이라는 친구는 밴드부에서 클라리넷을 연주했고 우리가 만든 그룹사운드에서는 드럼을 쳤는데 이후 대학에 진학해서 1985년 '제9회 MBC 대학가요제'에 나가기도 했다. 그 친구는 신입생이라는 중창단으로 〈신입생들〉을 불러 은상을 수상했다.

나는 학창 시절 외에는 음악성도 부족했지만 먹고사는 문제가 급선무였고 공직을 시작하면서부터는 일에 몰두하느라 동창회 등에서 몇 번 색소폰을 연주해 본 것이 전부다. 악기 연주를 이어 나가지는 못했다. 그러나 학창 시절만큼은 음악을 꽤 좋아하고 사랑하는 아이였다.

당시 가능국민학교 밴드부 - 운동회 때 모습. 왼쪽 세 번째 노란 바지에 캡모자를 쓴 필자

"음악은 인간이 가진 가장 위대한 보물 중 하나다."

루트비히 판 베토벤

체력은 국력, 평생 숙제

1988년 9월 서울 올림픽이 개최되면서 우리나라는 세계에서 열여섯 번째로 올림픽을 개최한 나라로 우뚝 섰다. 도심지는 이른 아침이나 저녁 시간 하천 변에서 운동하는 사람들이 즐비하다. 지자체마다 치수(治水)를 넘어 하천을 잘 가꿔 주민들이 운동과 여가를 즐길 수 있는 공간으로 만들기 위한 노력들을 하고 있다.

산은 산대로 주말이면 유명 등산로는 통행 체증을 호소할 정도로 산을 찾는 이들이 많다. 경제가 성장하면서 건강에 대한 관심과 노력이 자연스럽게 상승됐기 때문이다. 생활체육이 보편화된 시대다. 60~70년대에는 생활체육에 신경을 쓸 수가 없는 환경이었다. 건강보다는 하루하루의 삶을 살아 나가는 것이 더 중요했기 때문에 생활체육은 사치로 여겨졌다. 체육 발전은 엘리트체육이 주도했다고 해도 과언은 아닐 것이다. 2000년대 들어 생활체육과 엘리트체육이 균형을 이루지 않았나 생각된다.

나는 키가 국민학교 5~6학년 즈음해서 성장을 멈췄다. 바꾸어 말하면 국민학교와 중학교 때 신장이 꽤 큰 편에 속했다. 초등학교 때는 스쿨밴드부 활동을 했기에 5학년 때 학교 앞 탁구장에서 몇 달 연습하고 출전한 경기도 대회에서 3등을 한 적도 있었다. 세 팀이 나와서 3등을 했으니 꼴찌를 한 셈이다. 큰 대회였기에 다른 학교에서는 출전할 생각을 못 했고 세 팀만 출전했다고 들었다. 비인기 종목의 인프라가 그러했다.

나는 경민중학교에 입학해서는 육상부로 활동했다. 엘리트체육을 하는 학생들은 오전 4교시를 마치고 오후 수업은 참여하지 않았다. 연습을 위해서였다. 엘리트체육은 지도 방법도 엄격했다. 지금이라면 있을 수 없는 얘기겠지만 운동선수가 코치 선생님에게 지도받으며 행해지는 '사랑의 매'는 일상적이었다. 학교 대표는 지역에서 개최되는 각종 대회에 참여한다.

나는 단거리 선수로 출전했는데 중2 때 100m 기록이 12초 플랫으로 나쁘지 않은 성적이었다. 의정부공설운동장에서는 의정부·양주·동두천이 참여하는 육상대회가 매년 개최됐다. 각 학교의 응원전도 큰 관심사였고 지역의 축제였다. 마치 연고전을 방불케 하는 그런 대회였다. 의정부 지역의 예선전을 거쳐 시의 대표 선수가 되면 1년에 한 번씩 개최되는 경기도 대회에 출전할 자격이 주어진다. 중3 때 의정부 대표로 400m 중등부 계주에 출전해서 경기도 3위를 했고 200m 개인전에서는 꼴찌로 피니시 라인을 밟았던 기억이 있다. 그날 피니시 라인을 통과하는 순간 하늘에서는 눈발이 날렸다. 중3 늦가을의 끝자락이었다. 나는 이후로는 달리기를 하지 않았다. 성장이 멈춰 체격적으로 단거리 선수로는 적합하지 않았기 때문이다.

고등학교에 올라가서는 밴드부 활동과 체육 활동을 병행했다. 가까운 친구들이 초등학교 때부터 태권도를 열심히 했는데 '친구 따라 강남 간다'고 대회 출전이 다가오면 의정부고등학교 태권도부는 시내에 있는 경원체육관에 가서 훈련한 후 출전하곤 했다. 일이든 운동이든 경험보다 좋은 스승은 없다고 했던가. 도장에서 대련(겨루기)을 할 때에는 나름 기량에 문제가 없었다. 오히려 어릴 때부터 태권도를 해서 2~3단의 실력을 가지고 있는 아이들을 이기곤 했다. 하지만 대회 출전은 분위기부터 달랐다. 대회장에 가서는 기량을 제대로 발휘하지 못했다. 연천에 있는 전곡고등학교 체육관에서 경기북부 고등부 태권도 대회에 출전했던 이야기이다. 태권도는 최경량급이 핀급이었는데 52㎏ 이하의 중량이었다. 나는 핀급에 출전해 1회전은 부전승으로 올라갔다. 2회전에 올라온 선수가 기량이 탁월해서인지 판정까지 가기는 했으나 발차기 한번 제대로 해보지 못하고 패한 기억이 난다. 엄청나게 일방적으로 맞았다고 표현해야 옳을 것이다. 기량도 부족이었지만 경험의 중요함을 뼈저리게 느끼고 나는 그날 이후 태권도와 이별을 했다.

모든 운동은 기초 체력이 있어야 한다. 지금은 특별한 운동을 하지 않고도 어렸을 때 엘리트체육을 했기에 기본 체력을 유지한 근력으로 59세까지 잘 버티고 살아왔지만 앞으로는 체력 관리를 잘해서 병원비도 아끼고 궁극적으로 국가 재정에도 도움이 될 수 있도록 노력하는 삶을 살아야겠다. '최고의 복지는 스포츠'란 말대로 체육 활동은 인간의 삶에 매우 중요한 요소 중의 하나다. 인생은 환갑부터라고 하니 60세 이후의 건강한 삶을 위해 생활체육에 관심을 갖고 실천하고자 한다.

왼쪽부터 사진 한발 앞선 스타트. 경민중학교 육상부 시절. 의양동체육대회 우승 후

"당신이 시도하지 않은 슛은 100% 실패일 뿐이다."

웨인 그레츠키(아이스하키 선수)

공장에서 바라본 삶의 흔적

소위 말하는 금수저 집안에서 태어난 청춘들은 고민하지 않아도 되겠지만 흙수저 집안의 청춘들은 시간이 흐르면 흐를수록 고민이 많아진다. 취업에 대한 압박도 있겠지만 본인에게 맞는 일자리를 찾기가 어렵기 때문이다. 선관위 고위직 자녀들의 특혜 채용이라든지 기득권 세력 자제들의 채용 비리 문제가 종종 언론에 오르내린다. 그럼에도 불구하고 대다수의 청춘들은 좁은 취업 관문을 통과하기 위해 안간힘을 쓴다. 일부 청춘들은 해외에서 언어도 배우고 돈도 벌고 공부도 하고 꿈을 키우는 기회를 잡기 위한 선택기도 한다.

나는 80년대 초반 18세의 나이에 봉제공장의 문을 두드려 본 적이 있다. 천호동 김일 체육관 부근의 봉제공장에서 잠깐 일했다. 공장 일은 단순했지만, 노동 착취라고 할 정도의 고된 시간을 참고 이겨내야만 숙련공 내지 기술자의 경지에 오를 수 있기 때문에 경험을 위한 노동을 하기에는 적합

하지 않았다. 부모의 동의 없이 무모했던 일이었기는 하지만 나름 독립의 기회를 엿보려는 몸부림이기도 했다.

호원동에 있는 30여 명의 직원이 일하는 조그마한 중소기업에서의 근로자 생활은 몸과 마음에 상처만 남겼다. 기계에서 나오는 대형 종이 박스를 나르는 일을 했는데 칼 같은 도구뿐 아니라 종이에도 살을 벨 수도 있다는 것을 그때 따끔하게 알았다. 쉬지 않고 박스를 나르는 일은 사람이지만 기계처럼 몸을 움직여야 했기에 강인한 체력을 갖추지 않으면 소화해 내기가 힘들었다. 하지만 힘든 노동을 뒤로하고 새참 시간에 나왔던 비빔국수의 맛은 아직도 잊을 수가 없다. 아마도 일을 잠시 쉬는 휴식의 조미료가 더해져서일 수도 있겠지만 지금까지 그런 비빔국수의 맛은 그 어디서도 맛보지 못했다.

중소기업치고는 규모가 있는 도봉식품이라는 공장에서 있었던 일이다. 본사는 서울 도봉동에 소재했고 계열 현장이 양주 덕계리(현 덕계동)에 있었는데 나는 덕계리에서 근무했다. 오뎅과 유부 등을 만드는 식품 공장이었다. 이곳 기숙사에서 생활하며 몇 달간 일했다.

나는 유부를 만드는 공정 일을 맡았다. 손톱만 한 크기의 두부를 기계에 일정 간격으로 넣는 일이다. 기계는 계속 돌아가고 네모진 틀에 두부 조각을 넣으면 기계는 두부를 적당한 온도의 기름에서 튀겨져 유부로 재탄생돼 제품화되고 포장을 하면 완성품이 되는 그런 공정이었다.

입사 첫날 작업반장이 기숙사에서 회식을 열어 줬다. 공교롭게도 작업반장의 이름이 '박성복'이라 잊을 수 없다. 말이 회식이었지 신입 신고식이었다. 안주는 오뎅 공장이니 자투리 오뎅(어묵)을 넣고 찌개를 끓였는데 맛이 예사롭지 않았다. 소주잔이 몇 순배 돌아가고 분위기가 무르익어 가자 축하의 의미로 작업반장이 소주를 따라 주는데 잔을 보고 당황하지 않을 수 없었다.

빨간 바가지가 잔이었다. 4홉들이 막소주 한 병이 바가지에 콸콸콸 소리를 내며 채워졌다. '아니 저것을 나보고 마시라는 얘기인가.' 나는 속으로는 내심 걱정도 되고 오바이트가 쏠렸지만 내색하지 않았다. 채워진 바가지잔은 내게 건네졌고 나는 바가지에 입을 대고 소주를 마시기 시작했다. 그렇게까지 안 해도 되는데 아마 괜한 자존심이 발동해서였을 것이다. 반쯤이나 들이켰을까 걱정했던 오바이트 증상이 나왔다. 나는 나오는 이물질과 함께 큰 호흡을 한번 하고 계속해서 바가지에 남은 마지막 술 방울까지 다 마셔 버렸다. 기절하기 일보 직전이었으나 꾹 참았다. 그 이후는 어찌 됐는지 기억나지는 않지만 큰 실수 없이 술자리를 끝내고 잠들었다.

다음 날 아침 그 오뎅 국물로 해장을 하고 유부 만드는 일을 계속했다. '오기와 방심은 무지의 소산'이라고 했는데 쓸데없는 객기를 부렸던 것이다.

그날 이후 나보다 5~6년 위인 선배 공원들도 나에게 함부로 대하지는 않았다. 지금 생각해도 구토가 나오는 신고식의 추억이다. 내 인생에서 또 한 번의 오기가 발동한 적이 있는데 안골유원지에서 휴가 때 비슷한 상황으로 종료됐고 아주 운 좋게 살아남아 이 글을 쓰고 있다. 환갑 이후에도 그런 오기가 발동돼 생을 마감하는 일이 없길 바랄 뿐이다. 나는 지금 7년째 단주 중이니 술로 그런 일이 있을 경우는 아마 꿈에서도 없겠지만 말이다.

"꿈은 가난을 이기는 가장 강력한 무기다."

오프라 윈프리

막노동이 가르쳐 준 인내

어릴 적 뛰어놀던 우리나라 지도 형상의 연못이 사라졌다. 꽤 넓었던 배
밭 일대에 가능주공아파트 공사가 한창 진행되고 있었다. 1983년, 고등학
교 2학년 초반에 중퇴하게 된 나는 학원비 마련을 위해 6개월간 아파트 공
사 현장에서 일했다.

공사 현장에서는 기술자들의 임금이 비교적 괜찮았기에 아버지는 포크
레인 기사 자격증 따기를 권유했고 나는 할 수만 있다면 학업을 계속해 대
학도 가고 번듯한 직장 생활도 하고 싶었다. 아버지께서는 굴착기 운전을
배우는 학원비는 지원해 줄 수 있지만 일반 학원비는 지원해 줄 수 없다고
선언한지라 학원에 가기 위해서는 돈을 벌어야 했다.

가능주공아파트는 5층짜리였는데 공정률이 60% 정도였다. 바로 집 앞이
라 출퇴근도 3분 정도면 충분했다. 하루 일당은 6,000원 남짓이었던 것으

로 기억한다. 하루하루 임금을 주는 것이 아니라 출근하면 수첩에 날짜별로 도장을 찍어 준다. 한 달 후 도장 개수대로 일당을 정산해 임금을 받았다. 건설 현장의 일용 잡부 일을 했던 것이다. 층별 마무리 공사를 하는데 자재를 나르거나 마무리 미장 공사 데모도(공사장에서 많이 사용하는 말로써 기능공을 도와 함께 일을 하는 조공을 일컫는 말이다)와 같은 일을 했다. 5층 상부까지 공구리(콘크리트)를 찔통(콘크리트를 담는 도구)에 메고 올라가는 일을 하는 날에는 도장을 2개 찍어 주기도 했다. 공구리가 가득 담긴 찔통을 메고 5층까지 올라가는 일은 매우 힘든 일이었기 때문이다.

집에 오면 녹초가 되는 그런 일이었다. 그나마도 공구리를 나르는 일은 공정이 있는 날에만 할 수 있었다. 몸은 고됐지만 젊었기에 버틸 수 있었고 별생각 없이 육체노동인 노가다를 하다 보면 오기라고 할까, "남자로 태어나서 이런 거 하나 버티지 못한다면 어찌 험한 세상을 살아갈 수 있겠나." 하는 마음을 반복적으로 다잡으며 하루하루를 버티며 살았다. 가능주공아파트는 재건축해 현재는 SK아파트가 들어섰다.

군 복무를 마치고도 노가다 일을 계속했는데 양주 백석면사무소 일대에는 양계장이 많이 있었다. 그중 한 곳의 양계장 증·개설 공사 현장에서 일을 할 때다. 이곳은 오야지(일터·작업조 리더를 칭하는 말)가 일을 감독하고 임금도 그 오야지를 통해서 받는 시스템이었다.

무더운 여름날, 양계장에서 풍기는 냄새는 맡아 본 사람들은 알 것이다. 40여 년이 흐른 지금도 잊을 수 없는 냄새다. 새참(노동 현장에서 먹는 간식, 참이라고도 한다)은 라면을 끓여 먹었고 현장이 양계장인지라 삶은 계란을 매일 먹었다. 계란을 3~4개 이상 먹으면 입에서는 닭똥 내가 난다. 그때 먹었던 라면이 '너ㅇㅇ'였는데 나는 지금도 ㅇ구ㅇ 라면은 먹지 않는다.

점심은 약 2㎞ 떨어진 백석면사무소 앞 식당에서 먹었는데 이 시간이 나름 꿀 같은 시간이었다. 힘든 노동일을 잠시 쉬고 점심 식사 후 플라타너스 그늘 아래서 자는 낮잠은 세계 그 어느 휴양지에서의 휴식과도 견줄 수 없는 시간이었다.

그렇게 한 해 여름을 보냈는데, 문제는 일이 끝나고 보름 정도의 임금이 밀리면서 발생했다. 나는 오야지 집을 낮이고 밤이고 수차례 방문해 독촉했지만 끝내 받지 못했다. 19세 때 겪은 일이라 신고나 소송을 실행하기도 어려운 나이였다.

노가다는 나에게 다른 종류의 교훈을 새겨 줬다. '내가 인생을 살아오면서 이런 일도 했는데 무언들 못 하겠는가.'라는 인내, 그리고 강인하게 마인드 컨트롤을 할 수 있는 나쁘지만은 않은 경험이었던 것으로 기억한다. '젊어서 고생은 사서도 한다'라는 속담이 괜히 회자되는 말은 아닌 것 같다.

"하늘이 장차 사람에게 큰일을 맡길 때는 반드시 먼저 고난과 어려움과 궁핍을 준다. 이는 마음의 강함과 실행력과 인내심을 주어 그전까지 해내지 못한 일을 더 많이 해낼 수 있게 하기 위함이다."

맹자

뽑기 장사 하던 스무 살

가능동에 있는 의정부시민회관 옆에는 작은 어린이 공원이 하나 있었다. 나는 그곳에서 요즘 〈오징어 게임〉에 나오는 뽑기(달고나 또는 찍어 먹기라고도 한다) 장사를 한 적이 있다. 연탄불에 국자 몇 개, 설탕, 철로 만든 찍는 도구 정도만 있으면 할 수 있었다. 크게 자본금도 들지 않고 장사를 할 수 있는 방법이었기에 스무 살 청년이 하기 안성맞춤이라 생각했다.

다만 소자본을 투자하면 이익이 적게 남는다는 것이 흠이었다. 그 시절 먹고살기에 급급하기도 했고 학원비를 마련하려면 어쩔 수 없는 선택이었다. 몇 개월 돈을 벌어서 학원(단과반) 다니기를 반복했던 시절이었다. 국방의 의무도 이행하지 않은 시기라 고정적인 직업을 찾기도 어려웠다.

집에서 연탄불을 피우고 삶의 현장으로 나갔다. 바람을 막아 줄 포장은 대형 파라솔에 비닐을 둘러 보온을 했다. 설탕을 녹여 뽑기를 만들고 국자 몇 개, 뽑기를 찍을 주형틀 십여 개를 깨끗이 세척해서 가지고 나가면 장사

준비가 끝이다.

중요한 것은 생리 현상 시 자리를 비울 수도, 시건장치를 할 수도 없었기 때문에 포장 안에서 아이들이 없을 때 일을 봐야만 했다. 뽑기 한 번 하는데 50원을 받았는데 어린이들의 코 묻은 돈이었기는 하지만 노력과 투자 대비 수입은 나쁘지 않았다.

잘되는 날도 있고 그렇지 못한 날도 있었지만 하루 4~5만원 정도의 수입을 올렸다. 노가다를 해서 받는 일당보다 나았고 힘도 덜 들었다. 동네 아줌마들도 가끔 와서 뽑기를 즐겼다. 젊은 청년이 이런 장사를 할 생각을 어찌했냐며 안쓰러운 격려도 해 줬다. 뽑기는 어른이나 아이들이나 다 좋아하는 놀이이자 먹거리였다.

추측건대 사행성 부분이 가미됐기에 인기를 끌지 않았나 싶다. 단순하지만 뽑았을 때의 쾌감이 오락의 기능을 했고 액체화된 설탕에 소다로 부풀린 뽑기 특유의 맛은 달콤하게 혀끝을 자극하기에 충분한 맛이었다. 뽑기를 조금 태웠을 경우에는 끝맛이 살짝 쌉쌀하기도 했지만 뽑기를 즐기는 사람들은 이 맛 또한 좋아했다. 선형에 따라 뽑는 맛이 더해졌기 때문일 것이다.

가끔 환기를 시켰지만 연탄가스 중독의 문제로 몇 개월간의 장사를 끝으로 문을 닫았지만 색다른 경험이었고 사업으로 발전시키지 못했던 아쉬움이 남는 스무 살, 삶의 현장이었다.

"세상에 비천한 직업은 없다. 다만 비천한 인간이 있을 뿐이다."

링컨

나이트에서 만난 중학교 은사님

이런저런 직업을 아르바이트 형식으로 전전하던 청춘 시절, 먹고사는 문제이기도 했지만 당시에는 암흑이 언제 걷힐지 모르는 긴 터널 속을 헤맨 것 같았다. 지나고 나서 보면 나의 정체성을 좀 더 알아가는 단계였다. 이 시기는 내가 인생을 살아감에 큰 내공을 쌓았던 시기다. 생활을 영위하기 위해서는 돈을 벌어야 했고 변변한 기술이 없었기에 여러 직업을 전전했다.

한 달에 10여만 원 조금 넘는 돈을 벌려고 중앙초등학교 옆(평화로변)에 있는 세차장에서 일하기도 했다. 아는 선배의 아버지가 운영하는 세차장이 있는데 가족이 운영하는 곳이었다. 그 지역에서 최부자 하면 모르는 사람이 없다는 상당한 재력가로 알려진 분이다. 나는 그곳에서 숙식하며 반년을 지냈다. 물과 함께하는 일이라 여름에는 시원한 맛도 있고 할 만한 일이었다. 주말이면 하루에 200여 대의 차를 닦기도 했다. 세차비가 3,000원이었으니 하루 매출이 100여만 원 가까이 되어 보였다. 하루 종일 차를 닦아도 내가 받을 수 있는 돈은 하루 1만 5,000원 정도였으니 10대 때 너무나도 실감 나게 자본주의 경제를 터득하지 않았나 싶다.

그해 겨울은 왜 그리 추웠는지 수작업으로 차를 닦는 일은 녹록하지 않았다. 겨울철엔 더운물을 뿌리고 비누 가루를 섞은 스펀지로 차를 닦았는데 금세 얼어버렸다. 지남철과 같이 차를 닦는 도구인 스펀지가 차에 쩍쩍 달라붙었고 손은 동상이 걸릴 정도로 차가웠지만 견뎌 내야만 했다. 그야말로 생고생이었다. 일은 바쁜데 인원은 보충되지 않아 나는 모교였던 경민중학교 아래에 있는 세차장으로 자리를 옮겨 세차 일을 계속했다. 80년대 초반인 당시는 지금처럼 차가 많지 않았으나 점차 자가용이 늘어나던 시절이었다. 의정부에 몇 없는 세차장이 있었지만 세차장 수가 늘고 있었기에 보다 좋은 조건으로 일자리를 옮겼다. 경력자 우대로 임금도 5,000원 오른 2만 원 수준이었다. 세차장 사장의 사모님은 미모뿐 아니라 음식 솜씨도 훌륭했다. 점심이 되면 따뜻한 밥을 지어 주었고 세차장 식구들은 그 밥을 먹어 가며 일을 했다.

하지만 좀 더 많은 돈을 벌기 위해 투잡을 뛰었다. 가진 재산은 건강한 몸이었기에 낮엔 세차 일, 밤에는 나이트클럽에서 웨이터로 일했다. 웨이터 생활은 공치는 경우도 있었지만 팁을 많이 주는 손님을 만나는 경우에는 하루에도 5만 원가량 버는 날도 있었다.

의정부에는 그랜드 나이트클럽과 국제 나이트클럽이라는 제법 큰 규모의 나이트클럽이 2개 있었다. 나는 제일시장 옆 건물 지하에 있는 국제나이트클럽에서 일했다. 몇 달 지나지 않아 체력에 한계를 느꼈고 젊음의 패기로 투잡을 했지만 상대적으로 힘든 세차장 일은 접고 육체적으로 쉽다고 느끼는 나이트클럽 일에 전념했다.

낮에는 충분한 휴식을 할 수 있었다. 지금도 옛날 통닭을 파는 체인점이 성업하는데 그 시절은 통닭이면 아주 좋은 간식이었다. 나는 주식으로 통닭을 한 마리씩 먹고 출근하기도 했다. 생각보다 밤을 새워 가며 일하는 것이 체력 소모도 많았고 흔히들 얘기하는 진상 손님을 만나는 날이면 체력과 스트레스를 더 많이 소비했다.

오후 4시에 출근해서 영업 준비를 하고 해가 지면 영업을 개시해 새벽 4시까지 일했다. 4시가 되면 나이트클럽의 모든 조명이 꺼지고 전체가 환한 조명으로 바뀌면서 웨이터들이 플로어(춤을 추는 마루)에 올라가 '빠빠빠 빠빠빠 지금은 우리가 헤어져야 할 시간 다음에 다시 만나요'라는 가사의 노래를 합창했다. 그 시절 그 장면이 지금도 눈에 선하다. 체력 유지를 위해 나름 보양식을 챙겨 먹는다는 생각에 저녁은 통닭을 자주 먹었다. 나는 지금도 통닭을 즐겨 먹는다.

어느 날 낮익은 손님이 들어왔다. 나이트클럽은 순번에 의해 손님을 받는데 내 순서였다. 좋은 위치에 있는 테이블로 손님을 모시고 갔다. 주문을 받으려고 얼굴을 보는 순간 나는 깜짝 놀랐다. 경민중학교 과학 선생님이

셨던 정용덕 선생님께서 손님으로 오신 것이다. 선생님은 과일 안주에 맥주 3병, 기본을 시키시고 "이런 일 하라고 내가 가르쳤냐."며 나를 나무라셨다. 대부분의 손님들은 나이트클럽을 오기 전 포장마차 같은 곳에서 한잔하고 오는 게 일반적이었는데 선생님도 약간의 취기로 나에게 그리 말씀하신 것 같았다. 나로서는 최선이라고 생각한 직업이었기에 현실에 만족하고 안주하며 살아왔는데 선생님의 말씀을 듣고 충격을 받았다.

학창 시절 중학교 3년간 반장을 맡았고 성적도 60명이 넘는 반 학생들 중 1~2등을 했던 내가 직업에 귀천이 없다고는 하지만 나이트클럽에서 츄라이(tray, 술과 안주를 담은 쟁반)를 들고 뛰어다니는 모습이 못내 못마땅하셨을 테다.

선생님의 사랑을 느낄 수 있었다. 나는 선생님의 테이블을 다른 웨이터에게 부탁하고 주방으로 와서 눈물을 터트렸다. 어찌나 서럽던지 끊이지 않는 눈물로 그날 북받치는 마음에 일을 제대로 못 했다. 내가 처한 현실이 서러워 집에 돌아와 이불을 뒤집어쓰고 밤새 울었다.

그동안 나를 잊고 살았다. 현실 적응에 급급한 생활을 했던 것이다. '꿈도 희망도 포기하고 그리 삶을 살고 있었구나.' 하는 생각을 하게 됐다. 오히려 어떠한 일을 하더라도 꿈을 가지고 포기하지 않는 삶을 살아 보자고 마음을 다잡는 계기가 됐다. 10대 후반에 화이트칼라 직업을 가져 보겠다는 꿈을 갖게 된 동기가 된 사건이었다.

결혼 후 나는 '포기하지 말고 최선을 다하자'라는 가훈을 정하고 딸과 아들을 훈육하며 지금까지 그리 살고 있다. 나의 좌우명은 '아이들에게 부끄럽지 않은 삶을 살자'로 정하고 지금까지 잘 지내고 있다.

> "당신의 꿈은 당신을 믿어 주는 스승과 함께 태어난다."
>
> 댄 래더(미국 CBS 앵커)

2부

어쩌다 공무원에 덜컥 합격

낮은 곳에서 피운 꿈

인생은 종이 한 장 차이

1988년 우리나라에서 처음으로 서울 올림픽이 개최되는 해였다. 2군수지원사령부 인사행정처에서 18개월의 병역을 마치고 취업을 준비해야 하는 시기였다. 제대 후 사회 첫발을 잘 시작해야 하는데 여러 분야의 허드렛일을 경험한 나는 화이트칼라를 꿈꾸었지만 현실은 녹록하지 않았다.

지금도 그렇지만 사무직을 하려면 대학을 졸업해야 어디에 원서를 넣을 수 있는데 갑자기 대학에 다닐 형편도 못 되었고 집에서 용돈을 받아 가며 생활할 수도 없는 처지이기에 여기저기 아르바이트를 하며 조금씩 모은 돈으로 서울의 단과반을 수강하기를 반복했다. 1989년 전 국민 의료 보험 제도가 시행되기에 지역 의료 보험 조합 공채 시험이 있어 응시를 하고 의료 보험법 전문을 달달 외웠다. 이후 건강 보험법으로 개정되었다. 법조문을 처음부터 끝까지 안 보고 쓸 정도로 암기를 하고 시험에 응시했건만 결과는 낙방이었다.

경쟁률이 100대 1 정도가 되었다고 하니 학원에 다니지 않고 골방에서 의료 보험 법령만 본다고 합격을 기대했다는 자체가 무리수였다. 절망감에 하루하루를 보내고 있었는데 김효섭이라는 중학교 친구가 찾아와 공무원 시험을 보는 것이 어떻겠냐고 제안했다. 시험 준비를 한 것도 아니고 당시 형님이 시청 공무원이었는데 틀에 박힌 삶을 사는 것 같아 왠지 내키지는 않았다. 친구는 신분증을 주면 본인이 접수를 할 테니 "같이 공부해서 시험을 보자."라고 권유했다.

사실 고등학교 졸업도 아니고 검정고시 출신이 화이트칼라에 진입한다는 것은 불가능했고 학력을 보지 않는 직장은 공무원밖에 없었다. 취업에 대한 특별한 계획도 없었기에 "그럼 알아서 하라."고 하고 신분증과 접수에 필요한 서류를 친구에게 건넸다. 당시 친구의 여자 친구가 포천군청 앞에서 학원 강사로 일을 했기에 친구와 나는 포천군으로 응시 지원을 했다.

문제는 원서를 넣었으니 친구와 시험을 볼 수밖에 없었고 시간은 20여 일밖에 남지 않아 물리적으로 상당히 무리수가 많았다. 또한 친구와 같이 시험을 보는데 그 친구는 합격하고 나만 떨어지면 무슨 망신이겠는가 하는 불안감도 있었다.

낮에는 집에서 100m 거리에 있는 시민회관(가능동에 소재했으며 지금은 없어졌고 현재 공영 주차장으로 사용되고 있다)에서 같이 공부했다. 시민회관 내에는 시에서 운영하는 독서실이 있었는데 하루 이용료가 50원이었던 것으로 기억한다.

말이 공부지 반나절은 은항당구장이라는 곳에서 보냈던 거 같다. 준비가 되지 않은 상태에서 낮 시간을 그리 보내기가 너무 아깝기는 했지만 친구를 제쳐 두고 나만 시험을 잘 보기 위해 공부를 하는 것이 왜인지 그때 정서로는 의리가 없는 것도 같아 그러지 않았을까 한다.

저녁에 집에 오면 준비 안 된 불안감을 해소하고자 밤을 새워 공부했다. 하루에 3시간 이상은 잠을 자지 않았다. 태어난 이후 그리 공부를 열심히 공부했던 기억은 없었던 것 같다. 어느덧 시험일이 다가왔다. 그때는 시험을 도청 소재지인 수원에서만 실시했기에 새벽밥을 먹고 의정부역으로 갔다. 그런데 친구가 보이지 않았다. 핸드폰이 없었던 시기이기에 공중전화 부스에서 친구 집에 전화를 했다. 친구는 잠에서 막 깨어난 목소리로 "성복아, 우리 시험 다음에 보자."라고 하는 것이었다. 나름 안 보이는 곳에서 얼마나 열심히 공부했는데 아깝다는 생각이 들었다.

"역에서 기다릴 테니 준비하고 나와라. 그래도 원서를 지원했는데 결과야 어떻든 시험은 봐야 하지 않겠냐."고 설득했다. 다행히 그 친구의 집은 의정부역에서 10분 이내의 거리에 위치해 오전 6시 50분 차를 보낸 뒤 7시 20분 차를 타고 수원으로 향했다. 수원역에서 택시를 타고 모 중학교에 마련된 시험 장소로 가는데 입실 마감 시간이 임박하게 정말 아슬아슬하게 도착했다.

정문을 막 닫으려는 순간 도착해서 시험실로 향했다. 다행히 시험을 치를 수 있었고 돌아오는 열차 안에서 친구가 나에게 물었다. 시험은 잘 봤냐고…. 나는 "정신이 없어 모르겠지만 한 1년 준비하고 다음 시험도 오늘과 비슷한 수준으로 출제된다면 경기도에서 1등은 할 수 있을 것 같다."라고 답했다. 친구는 잘될 것이라고 나를 응원해 주었다.

한 달쯤 지난 발표 날. 20여 일 준비한 시험이기에 결과를 보러 갈까 말까 망설여졌다. 당시는 합격자를 군청 게시판에 공고하는 방식으로 합격자 발표를 했다. 저녁 무렵 결과가 궁금하기도 해서 버스 터미널로 가서 포천행 버스에 몸을 실었다. 지금은 도로가 잘 돼 있어 의정부에서 30~40분이면 포천터미널을 갈 수 있지만 그때는 굽이굽이 1시간은 족히 더 걸렸다. 군청 앞에 방이 붙어 있었다. 합격자 명단이 깨알같이 적혀 있었다.

두근거리는 마음으로 합격자 명단을 살피던 나는 '앗싸' 하며 벅찬 가슴을 쓸어내렸다. 내 이름을 발견한 것이다. 집에 돌아오는 길에 이제 공부를 했으니 좀 더 공부를 해보고 싶은 욕심이 생겼다. 이 무렵 지방고시라는 제도가 처음 시행되었던 해이다. 이튿날 서점으로 가서 지방고시를 볼 수 있는 책들을 구입하고 공부를 시작했다.

며칠 후 어머니께서 지난번 공무원 시험 본 것은 어찌 됐냐고 물으셨다. 나는 "합격은 했는데 공부를 시작한 김에 좀 더 공부를 했으면 한다."고 말씀드렸다. 어머니와 아버지는 펄쩍 뛰시면서 "수고했다."며 양복을 사 주셨다. "시험에 붙기도 힘든데 붙어 놓고 무슨 소리냐."며 "다른 생각 말고 공무원 잘됐으니 열심히 하라."고 당부하셨다.

부모님께 처음 기쁨을 드린 것 같아 나는 하는 수 없이 일을 하며 공부를 더 하는 것으로 마음을 먹고 보름 정도 뒤에 경기도인재개발원에 가서 면접을 보고 공직을 시작하게 된다. 그 당시 경쟁률이 8대 1 정도로 비교적 약했는데 아마 간신히 합격을 한 것 같았다. 일부 합격자는 정규직 발령을 받았고 나는 수습 발령을 받은 걸 보니 좋은 성적으로의 합격은 아니었던 것이다.

1989년은 스물세 살이 되던 해였다. 7월 포천 일동면사무소 총무계에서 공직을 시작했다. 이후 일을 하며 공부를 해보겠다는 꿈, 다짐은 오래가지 못했고 의정부 호원동사무소로 전출 와서 공무원 생활에 적응하고 순응하며 36년간의 공직을 수행하고 이제 마무리하는 시점이다.

서기관 승진을 할 때까지도 공직 초창기에 구입했던 지방고시 응시 준비를 위한 책을 버리지 못한 것을 보면 꽤 미련이 많았던 것 같다. 첫 월급 17만 원, 공장 근로자 급여가 30만 원이었을 때이니 박봉은 박봉이었다. 같이 시험 본 친구는 백화점에 취직했고 군청 앞 학원 강사와 결혼하여 지금까지 잘 살고 있다.

"내일 무엇을 해야 할지 모르는 사람은 불행하다."

막심 고리키

낮은 곳에서 피운 꿈

누가 누구를 계몽하는가

포천 일동면사무소에서 1989년 7월 공직을 시작한 나는 한 달 만에 고향
이자 거주지인 의정부로 전출했다. 사실 지방공무원법 제32조 제2항 및 임
용령 제27조의7에 의하면 최초 임용된 지역에서 3년간 타 자치단체 전출
을 할 수 없도록 되어 있다. 하지만 나는 포천에서 수습 발령을 받은 터라
의정부로의 전출, 정확히 말하면 수습은 정식 공직자 신분이 아니기에 의
정부의 할애 요청으로 의정부로 전출을 하게 될 수 있었다.

당시 포천은 군(郡)이었고 의정부는 시(市)였기에 군 단위에서 시 단위로
의 전출은 굉장히 높은 분이 도와준다고 해도 어려운 일이어서 의정부로
전출 와서 필자를 색안경을 끼고 보는 이도 더러 있었던 것으로 알고 있다.
사실 법에 의해 가능했기에 올 수 있었다. 의정부에서는 당해 연도에 신
규 공직자를 적게 선발했고 포천은 상대적으로 많은 인원을 선발해서 소위
'아무 힘없고 빽 없는' 나 같은 사람도 군에서 시로 전출을 할 수 있었던 것

이다. 일종의 행운이라면 행운이라 할 수 있을 것이다.

의정부로 전출 온 나는 서울 도봉구와 경계인 호원동사무소로 발령을 받았다. 공무원 생활을 한 지 채 6개월도 안 돼 주민과의 갈등 아닌 갈등을 겪은 일을 소개하고자 한다(지금은 동사무소란 표현이 없어지고 주민자치센터라고 부른다). 1960년대 대한민국이 북한보다 못살았고 1970년대에는 추월했고 1980년대에는 경제적 격차를 벌리는 시기였는데 그때는 매월 사회단체 및 공직자들이 '새마을 대청소'를 했다.

지금도 가끔 동 단위 단체와 주민자치센터 직원들과 동네를 청소한다. 청소하는 날은 동사무소에서 확성기를 통해 새마을 노래를 틀었고 주민들의 주거 환경을 깨끗이 하도록 청소하기를 독려했다. 일종의 계몽 활동이라 볼 수 있다. "새벽종이 울렸네 새아침이 밝았네 너도나도 일어나 새마을을 가꾸세."라는 가사로 시작하는 새마을 노래는 박정희 대통령이 직접 가사를 썼다고 한다. 1990년 어느 날 숙직을 서고 새마을 대청소가 있는 날이라 평소처럼 새마을 노래를 틀었다.

얼마 후 동사무소로 전화가 왔다. 전화 요지는 "지금 야간 일을 하고 자고 있는데 왜 동사무소에서 확성기에다 노래를 틀어 수면을 방해하느냐.", "당장 음악을 꺼라."라는 거였다. "살기 좋은 마을을 만들기 위해 주민계몽 차원이다."라고 하자 언성을 높이며 "지금 누가 누구를 계몽하느냐."고 따지며 싸우려 들기에 음악을 끄고 사과를 한 적이 있다.

40여 년 전 그 당시로는 공직을 시작하는 새내기였기에 큰 충격이 아닐 수 없었다. 공직을 수행하며 배우고 익히기를 게을리해서는 안 되겠다는 다짐을 하게 된 사건이었다.

> "진짜 문제는 사람들의 마음이다. 그것은 절대로 물리학이나 윤리학의 문제가 아니다."
>
> 아인슈타인

오함마(Hammer)를 든 공무원

청운의 꿈을 안고 의정부로 전출 와서 호원동사무소에 발령을 받았는데 보직(담당 업무)을 주지 않는 것이었다. 보직 대신 작업복 차림으로 매일 다락원(도봉구와 경계인 마을)마을로 오함마를 들고 출장 근무를 해야 했다. 8월의 찌는 듯한 더위 속에 나에게 주어진 임무는 불법건축물 대집행이었다. 아마도 이 지역이 개발 제한 구역(GB/그린벨트)으로 불법건축물이 난무하니 일제 정비 기간을 정하고 대집행을 하는 시기였다.

행정직 공무원이 이런 일까지 하는 줄은 몰랐다. 무허가를 철거하는 과정은 순탄치만은 않았다. 주민과의 갈등, 저항이 말로 표현하기 힘들 정도로 거셌다. 주민 입장에서 생각해 보면 무허가 건물이라 할지라도 자기 건물을 공무원이 와서 부수고 있는데 가만히 지켜만 보고 있을 리가 만무했다. 저항하는 주민들을 달래기도 하고 때로는 작업 반경에 접근 못 하게 몸싸움도 해가며 불법건축물을 철거하는 일을 한 달 정도는 했던 것 같다.

지금도 불법건축물을 소유하거나 건설한 경우에는 법률적인 문제에 직면하기도 한다. 이행 강제금 뿐만 아니라 벌금을 부과받을 수도 있으며, 강제로 대집행될 수도 있다. 경제적으로도 불법건축물이 존재하는 것만으로 불이익을 감수해야 한다. 건축물관리대장에 불법건축물이 등재되면 은행으로부터 담보대출 등은 이루어지지 않는다. 불법건축물을 처리하는 방법은 해당 지역의 행정기관이나 관할 지자체에 또는 전문가(건축사 등)에게 문의하여 상담을 받아 보는 것이 좋을 것이다.

다락원 일대 불법건축물 대집행이 어느 정도 정리가 된 후 나에게 주어진 보직은 제증명 담당이었다. 제증명 담당은 주민등록 등 · 초본과 인감증명서를 발급해 주는 업무로 앉아 있을 틈이 없었다.

지금은 앉아서 컴퓨터 프로그램을 통해 발급을 하니 일어서 있을 필요가 없겠지만 그 당시는 주소와 이름을 접수하면 주민등록표라는 카드가 개인별, 세대별로 있는데 카드함에서 발급 대상자의 카드를 찾아서 복사기에 가서 복사를 하고 그 위에 발급 직인을 날인하여 교부하던 시절이었다. 사무실 직원이 30여 명이었는데 컴퓨터는 보급이 안 된 시기였고 두벌식 타자기도 서너 대 정도 있었다. 유일하게 전동 타자기라는 것이 한 대 정도 있었으니 행정 환경이 지금과는 어마어마하게 차이가 있었다.

그러기에 제증명 담당자는 업무 시간 동안 민원을 처리하려면 카드실과 복사기를 왔다 갔다 해야 했기에 앉아서는 도저히 업무를 볼 수 없었다. 정전이라도 되는 날에는 발급 용지에 직접 수기로 써서 발급을 해 주어야만 했다. 흡연을 하며 민원을 처리해도 누구 하나 이의를 제기하는 사람이 없었으며 각자의 책상에는 재떨이가 비치돼 있던 시절이다. 사무실뿐이겠는가. 버스, 기차 등 대중교통은 물론 비행기에서도 담배를 피우던 시절이었으니 지금으로써는 아마 상상하기도 힘든 상황일 것이다.

그 이후에도 호원동에서는 불법건축물에 대한 대집행이 또 있었다. 이번엔 규모도 꽤 커서 십여 동이 넘는 불법건축물에 대한 대집행이 이루어졌다. 굴착기 같은 중장비도 동원되었고 시청에서 인원도 지원받아 그야말로 군사 작전을 방불케 했다. 도봉산자락으로 서울외곽순환도로가 계획됐었는데 그 계획도로 선상에 불법건축물이 하나둘씩 들어서기 시작했다. 도로 개설 시 보상을 목적으로 하는 사람들의 불법 행위였던 것이다. 주로 공무원이 출근하지 않는 주말을 이용해 건축물이 들어섰다.

자고 일어나면 하나씩 집이 생겨났다고 볼 수 있다. 급기야 시에서 대집행에 착수한 것이다. 이 사건을 계기로 후에 당시 사무장이 구속돼 형사적 처벌을 받기도 했다. 아마 건축 신고를 허위로 작성하거나 불법건축 행위를 눈감아 주는 대가로 건축주나 건축업자에게 금품을 받았던 것 같다. 사법 기관에서 건축주를 조사하는 과정에서 수표 넘버를 기록해 놨는데 그게 결정적 증거가 됐다고 들었다. 공무원은 법을 집행하는 사람으로서 집행에 비리나 하자가 있을 경우 징계는 물론 형사 처벌을 면치 못한다.

새내기 공직자였던 나는 불법을 해서라도 이익을 챙기려는 사회 구성원들의 민낯을 낱낱이 보며 공직자로서의 사명감을 더욱 공고히 해야겠다는 다짐을 하며 성장하게 된다. 이때가 스물여섯 살의 나이였다.

"산다는 것은 치열한 전투이다."

로맹 롤랑

7인의 해결사

1994년 의정부시는 상수도 고장, 도로 파손, 보안등 고장 등 생활 불편 민원을 신고해도 금방 고쳐지지 않게 되는 점을 개선하기 위해 접수와 동시에 현장 처리할 수 있는 일명 '민원 기동처리반'을 창설하여 운영했다. 나는 공무원 경력 6년 차일 때 민원 기동처리반의 민원 접수를 담당하며 현장에서 수리를 담당하는 직원들과 함께 '7인의 해결사'로 불리며 근무했다.

지금이야 핸드폰이 있어 언제 어디서나 연락이 가능한 시대이지만 30년 전만 해도 핸드폰이 없고 '삐삐' 시대였기에 필자가 유선으로 신고를 접수하고 현장 팀에게 무전으로 민원 내용을 전달하면 순찰 중이던 현장 팀이 민원 현장으로 달려가 생활 불편 민원을 바로 처리해 주는 시스템이었다.

지금 생각하면 단순한 시스템으로 느껴지겠지만 그 당시에는 획기적인 방법으로 시민들에게 인기도 많았고 '방송 3사' 뉴스에도 소개됐으며 잡지나 중앙 일간지에도 나왔다. 지금까지 장수 프로그램으로 자리하고 있는

〈KBS 6시 내고향〉에도 소개되는 등 유명세를 탄 덕분에 처가 부모님의 결혼 승낙도 이것으로 대체하기도 했다.

행정은 대부분 엄격한 법 테두리 내에서 이루어지기 때문에 행정기관의 문턱이 높게 느껴지는 경우가 많은데 공직자는 시민의 행정 수요 욕구를 잘 파악하여 해결해 줌으로써 행정의 신뢰도를 높여 나가야 할 책무가 있다고 생각한다.

'기쁨 주는 행정, 미소 짓는 시민'이라는 행정혁신팀장 때의 캐치프레이즈를 걸고 행정혁신에 총력을 기울인 적도 있었다. 혁신이란 거대하고 거창한 것이 아니라 이렇게 세심한 관심에 기반한 업무 프로세스의 변화가 곧 혁신이고 공복으로서 시민에게 다가서야 할 의무라고 생각한다.

요즘 공직을 시작하는 후배들은 마인드 자체가 공직을 안정된 직장 자체로만 생각하는 경우가 많다. 그러나 공직은 사명감 없이 하면 안 된다고 생각한다.

나는 후배 공직자들에게 볼 때마다 입이 닳도록 얘기한다. "사명감을 품고 일해 달라. 일반 회사의 샐러리맨이 아니라, 종업원으로서 역할이 아니라, '내가 시장'이라는 생각으로 시민을 바라보고 일해 주기 바란다."라고 기회 있을 때마다 이야기하곤 했다.

사실 민선 자치단체장이 선출직 공직자이기에 지역 민심이나 표를 의식하지 않을 수 없다. 때로는 일부 몇 명의 지지자들의 말을 의식해 대다수의 시민에게는 외면당할 수 있는 시책을 추진하는 경우도 종종 볼 수 있다. 이는 예산 집행의 불균형과 예산 고갈로 이어질 수 있다. 때문에 공직자는 인사권자의 의중에 반할 수는 없겠지만 소신을 가지고 전체 시민을 바라보며 부끄럽지 않은 행정을 해야 할 것이다.

그것이 바로 공직자의 사명감이라고 얘기할 수 있을 것이다. 앞으로도 여러 분야에서 제2, 제3의 해결사가 나와 주기를 바라는 마음 간절하다.

30년 전 <KBS 6시 내고향> 방영 동영상 캡처 사진

"자신을 내보여라. 그러면 재능이 드러날 것이다."

발타사르 그라시안

수마가 할퀸 현장 복구

1998년 여름, 하계휴가를 받았지만 딱히 휴가 계획이 없이 며칠을 집에서 보내고 있었다. 외로운 휴가였는데 친구로부터 반가운 전화가 왔다. 저녁에 한잔하자는 것이었다. 의정부 신시가지 어디쯤에서 저녁을 하고 2차로 술을 한잔 더 하러 갔다. 창밖에는 비가 세차게 내리고 있었다. 술을 할 줄 아는 사람들은 알겠지만 비 오는 날은 술 먹기 딱 좋은 날이다. 어딘가 감성에 젖어 드는 기분을 안주 삼아 먹는 술맛은, 더욱이 친구와 나누는 술맛은 그 무엇과 비교하지 못할 만큼 맛이 있다.

"오늘 분위기 좋다."면서 술을 예찬하며 친구와 제법 많은 술을 마시고 집에 돌아와 잠자리에 들었다. 새벽 4~5시쯤 동사무소 총무로부터 집으로 전화가 왔다(개인적으로는 형님으로 부르는 유한 성격의 고등학교 대선배였다). "휴가 기간에 미안한데 혹시 중장비 업체 아는 곳이 있느냐?"고 물어 왔다. 언뜻 생각나는 업체가 없어서 "잘 모르겠다."라고 답하고 잠을 청하는데 아무래도 이상하단 생각이 들었다. 휴가 기간에 그것도 새벽에 왜 나한테 전화를 한 것인지? 직감적으로 큰일이 났구나 생각하고 정신을 차린 후 옷을 주섬주섬 주워 입고 집 밖으로 나왔다.

당시 나는 예산과 회계를 담당하고 있었으며 호원동에서 600만 원짜리 지하 단칸방에서 전세를 살고 있었다. 밖에 나와서 보니 비는 많이 왔지만 지하방에 물이 들어오지 않아 큰 피해는 없는 것 같은데 왜 중장비 업체를 물어보았는지 도무지 알 수 없었다. 이유야 어떻든 빨리 사무실을 가봐야하겠다는 생각에 차 시동을 걸고 집에서 100여 미터 정도를 나왔는데 도로가 보이지 않았다.

물이 도로에 가득 차 앞길이 보이지 않았던 것이다. 도로 선형을 아니 물살을 헤치며 조심스레 차를 몰고 사무실로 향했으나 이내 시동이 꺼져 오도 가도 못하는 신세가 됐다. 1시간여를 씨름하다 간신히 차의 시동을 걸었다.

차로는 도저히 사무실에 갈 수 없다고 판단하고 차를 집으로 몰았다. 적당한 곳에 주차를 하고 걸어서 출근하기로 마음먹었다. 아마 내가 살던 곳은 지하방이긴 했으나 지대가 높아 물이 차지 않았고, 때문에 밤새 수마가 덮친 사실을 몰랐던 거 같다.

걸어서 시내 중심을 흐르는 중랑천 다리를 건너면서 엄청난 피해가 있음을 눈으로 확인했다. 하천변 도시 전체가 물에 잠겨 있었다. 집에서 사무실까지는 4km 남짓 되는데 그야말로 지옥이 따로 없는 관경들을 보며 출근했던 기억이 지금도 생생하다.

1998년 8월 6일 새벽 삽시간에 408mm, 시우량 113mm라는 사상 초유의 집중호우가 내렸던 것이다. 이 비로 전국에서 80여 명의 사상자와 2만 5,000명의 수재민이 발생했다. 나는 이날 출근해서 피해 복구와 조사를 하느라 한 달간 집에 들어갈 수 없었다. 그야말로 아비규환이었다.

수해 피해가 역대급이어서 김대중 대통령도 안골 수해 현장을 방문하기도 했다. 이때 사망자만 14명이 발생했으니 피해 규모만 보더라도 상황이 어찌 됐는지는 짐작할 수 있을 것이다. 휴가철이라 모든 휴가자는 복귀했고 도로에 차량 통행이 불가하여 기찻길을 이용해 도보로 출근하기도 했다.

응급복구와 피해 조사 업무를 하느라 한 달여를 사무실에서 숙식하며 일을 했는데 며칠간 직원이 출근했는지도 모를 정도로 긴박한 상황들이 이어졌었다. 구호를 담당하던 사회복지직 여직원은 이때 너무 힘든 상황을 극복하지 못하고 공직을 떠나기도 했다.

내가 근무했던 송산동 지역은 당시 농지가 많아 피해 조사만도 한 달 정도가 더 걸렸다. 이듬해인 1999년도에도 수해가 발생되어 응급복구됐던 시설물들에 대해 피해를 입혔지만 1998년 수해에 비해서는 피해가 덜했다. 수해 현장에서 공직자들의 희생적인 구호와 복구작업을 하는 모습을 보고 지역주민들은 "공무원들이나 가능하다."는 이야기들도 많이 했다.

공직자는 유사시 남다른 사명감으로 국민의 재산과 생명을 보호해야 할 의무가 있다. 그때 같이 고생했던 직원들과 지역사회 봉사자 여러분께 감사의 뜻을 전한다. 이 사건을 계기로 의정부시는 치수 정책을 꾸준히 해왔기 때문에 지금은 시우량 70mm~80mm 정도는 피해 없이 지나갈 수 있는 도시로 탈바꿈됐다.

① 김대중 대통령 수해 현장(안골) 위로 방문
②, ③ 수마가 할퀴고 간 흔적. 의정부3동 병무청 앞 침수
④ 철길을 이용한 출근

> "고통은 지나가고 강인함은 남는다."
>
> 루 다이아몬드 필립스

구관 명관

송산동(지금은 송산1 · 2 · 3동 및 고산동의 4개 동으로 분동됐다) 회계 담당을 하다가 동사무장(6급) 바로 아래 총무 업무를 맡았을 때의 일이다. 1999년 말이었다.

동장께서 총무국장(인사담당국장)으로부터 전화를 받았다고 한다(동장은 최세규, 총무국장은 김득규 국장이었으며 두 분은 개인적으로 친구 사이였다). 전화 내용은 나를 다른 부서로 전보하겠으니 양해해달라는 내용이었다. 당시는 정기 인사철도 아니고 몇 달 뒤 제16대 국회의원 선거업무도 해야 할 시기여서 동에서는 총무의 역할이 상당히 중요한 시기였다. 선거는 헌법 기관인 중앙선거관리위원회에서 관리하지만 지방자치단체(市 · 郡 · 區廳)에서 선거사무에 종사하기 때문에 상당히 업무량이 많아질 시기이기도 하다.

선거를 하기 위해서는 투표를 할 수 있는 유권자가 속해 있는 주소지 동에서 주민등록에 의한 대상자가 명부에 기재돼야 한다. 그것이 선거인 명부다. 사전 작업으로는 몇 차례에 걸쳐 주민등록 사실조사를 하고 실제 거주하지 않는 주민은 말소 절차를 거쳐 말소시킨다.

이후 주민등록표를 정리한 후 사전 '선거인 명부'를 출력해서 주민등록표와 대사작업을 거친다. 이후 '본 명부'를 출력한다. 최종적으로 각 통(統)에서 열·공람 기간을 거쳐 '선거인 명부'가 확정된다(전산의 정확도가 높아진 지금은 열람과 공람을 하지 않는다).

선거업무는 여기까지가 사전 작업이고 마을 곳곳에 투표소를 정하고 공고하게 되며 선거일 전날은 투표소를 설치하게 된다. 투표일 전일에는 선거관리위원회로부터 투표함과 투표용지를 수령, 동사무소에 보관한다(위조·훼손을 방지하기 위해 경찰 병력의 지원도 받는다). 투표 당일 새벽 4~5시 정도에 각 투표소로 투표함과 투표용지를 이송하여 6시부터 동의 선거관리위원, 각 정당별 참관인들과 함께 투표 사무에 종사하게 된다.

투표 종료 후 투표함과 잔여 투표용지 등 지정된 개표 장소에 이관시키면 투표 사무는 종료가 된다. 선거 운동 기간에 선거 벽보, 선거 공보 발송도 꽤 손이 가는 작업인데 이것 또한 동 직원들의 몫이다.

개표는 선거관리위원회 주관으로 시청 직원들을 지원받아 개표 작업을 하고 당선자가 결정된다. 이처럼 선거 사무는 꽤 오랜 시간 준비를 해야 하는 고된 작업들이 많기 때문에 이것을 총괄 지휘하게 되는 총무의 역할은 매우 중요하다고 볼 수 있다.

　이런 시기를 앞두고 총무를 교체한다는 것은 동장으로서는 불안할 수밖에 없는 상황이었을 것이다. 동장의 강력한 항의에도 불구하고 나는 환경사업소라는 부서로 이동을 하게 된다. 환경사업소는 하수 처리를 담당하는 부서로서 생활 하수를 정화 과정을 거쳐 환경적으로 안전한 기준치 이하로 처리된 하수를 방류하는 부서다.

　물건을 생산하는 공장과 유사한 시스템으로 전기직·기계직·난방직 등 기술직렬 기능직 공무원들이 시설 유지와 운영을 위해 근무하는 곳이다. 행정직인 나는 주무부서 차석으로서 계약 및 업무 계획 등 주로 회계 업무를 담당하게 된다.

　계약을 담당하다 보니 당시 전임자가 업무 처리에 있어 문제가 있어서 징계를 받은 직후라 그 자리에 가서 일을 해야 할 사람이 있어야 하기에 일종의 소방수 역할을 하러 환경사업소에 투입된 것이다.

　상황이 이런지라 보통 공무원들이 업무를 추진할 때는 전임자가 어떻게 했는지 전임자의 서류 등을 참고해서 일을 하게 되는데 나는 전임자의 캐비닛에 있는 서류를 전혀 참고하지 않았다.

　법령을 봐 가며 양식도 새로 만들고 밤을 새워 가며 일을 했었다. 행정직 입장에서 볼 때 크게 중요도가 있거나 바쁜 부서가 아니었기 때문에 야근을 하는 것이 왠지 능력이 없다는 뜻으로 인식될까 걱정되었다. 직원들이 출근하는 아침이 되면 퇴근했다가 다시 출근하는 일을 반복했다.

공무원은 기록 문화가 상당히 발달된 조직이어서 보통 새로운 발령지에 가면 전임자의 서류를 참고하거나 그것을 활용해 업무를 처리하는 게 일반적인데 전임자의 서류를 캐비닛에 잠가 놓고 처음부터 모든 걸 새롭게 만들어 가며 업무를 처리했으니 얼마나 힘들고 바쁜 일과를 보냈겠는가.

수개월을 고생한 끝에 1년이 지난 시점에서 전임자의 캐비닛을 열고 서류를 열람하던 나는 그야말로 깜짝 놀랐다. 1년에 걸친 노력으로 업무를 추진했던 내가 만든 서류들보다도 더 잘 만들어진 서류를 보고 충격을 받았다.

불미스러운 일로 자리를 옮긴 전임자라는 선입견으로 인해 고생을 사서 한 격이 되었으니 씁쓸하게 실소할 수밖에 없었다. 하지만 그간의 일을 후회하기보단 내가 법전을 찾아가며 서류를 만들었기 때문에 온전한 나의 지적 자산이 되지 않았나 하는 마음으로 위안을 삼았다.

신지식과 혁신적 사고도 물론 중요하지만 경험을 중시하는 '구관이 명관(舊官名官)'이라는 옛 속담이 주는 교훈을 실감케 하는 인생의 한 장면으로 기억이 된다.

> "세상은 고통으로 가득하지만 그것을 극복하는 사람들로도 가득하다."
>
> 헬렌 켈러

족보에도 올라간다는 공무원 직급, 사무관

사무관(事務官)은 공무원 직급 중의 하나로서 주무관(6급·기초지자체는 팀장·계장)의 위이며 서기관(4급) 아래이다. 행정고시를 합격하면 5급 사무관이 되며, 대한민국에서 고위 관료와 권력층으로 가는 통로이기도 하다.

지방행정기관에서는(시·군·구) 기관장 또는 부서장(총무과장·재무과장·읍면동장 등) 역할을 수행한다. 제사를 지낼 때 쓰는 지방(紙榜)에도 특별한 벼슬이 없거나 깊은 공부를 하지 않았다는 '현고학생부군신위(顯考學生府君神位)'가 아니라 '현고사무관부군신위(顯考事務官府君神位)'로 적는다. 당연히 족보에도 학생이 아닌 사무관으로 기록된다.

사무관으로 승급되려면 9급 말단 공무원으로 시작했을 경우 보통 25년 이상의 기간이 소요된다. 나도 1989년 공직을 시작해서 2014년에 사무관으로 임관되었으니 25년이 걸린 셈이다.

의정부시의 경우 일반적으로 30년 이상 근무를 해야 사무관 승진 후보자가 될 수 있었는데 나는 48세의 나이에 자금동장으로 임용되었다. 50세 전의 사무관 승진은 기초지자체 공무원으로서 그래도 빠른 승진으로 볼 수 있다.

나중에 들은 얘기지만 경기북부나 경기도 공무원들 사이에서도 승진을 빨리한 사람으로 입소문이 나 있었다고 한다. 사무관은 국가공무원인재개발원에서 '5급 승진자 교육'을 받아야 임용될 수 있다. 나도 완주에 소재한 공무원인재개발원에서 '2014년 제6기 5급 승진자 리더 과정(2014년8월18일~9월 26일)'에 입소했다.

교육 인원은 16개 분임조에 302명이었다. 나는 2분임에 속해 6주간의 교육을 받았다. 전남도청의 진 모 사무관이 1968년생으로 제일 나이가 적었고 그다음이 1966년생인 나였다. 교육 입소 후 첫 일정이 대전 현충원 참배였다. 현충원 참배가 처음이었고 단체로 참배를 했다. 참배하는 시간 동안 '이제야 내가 진짜 공무원이 됐구나.' 하는 생각을 했다. 나름 성실히 25년 동안 공직생활을 해 온 것에 대한 보상을 받은 것 같아 감정이 복받치는 순간이었다. 지금 생각해도 그 순간이 잊히지 않는다. 가슴이 벅찼다.

사무실에는 100여 개의 축하 난이 도착해 있었다. 집에 가져다 놓기에는 집도 작고 사무실 환경 정비하기에는 다소 많은 난이어서 보다 의미 있게 난을 분양할 수 있을까 고민하던 중 경로당 어르신들께 몇 점씩 나누어 드려 반려 식물처럼 키우시도록 해야겠다는 생각을 했다.

자금동 관내 경로당은 20여 개 남짓이었던 것으로 기억한다. 들어온 난에 동장이 경로당에 드리는 형식을 갖추기 위해 리본을 교체한 후 어르신들께 부임 인사도 드릴 겸 경로당을 방문했다. 어르신들은 매우 고마워했다.

자금동사무소 인근에 '거북 경로당'이라고 있었는데 경로당 회장님이 백정기 어르신이었다. 꽤 강직하시고 경로당 회원들의 화합을 이끌어 내시는 강력한 리더였던 것으로 기억한다. 몇 년이 지났을까 그분의 자제분인 백승호라는 분에게 전화가 왔었다. "유품을 정리하던 중 동장의 명함이 있어 전화드렸다."며 안부를 묻는 전화였다. "아버님께서 가끔 동장님 얘기를 하셨는데 얼마 전 소천하셨다."는 말에 안타까운 마음을 담아 애도의 뜻을 전했다. 이런 인연으로 백승호 씨는 지금까지 나의 고등학교 후배이자 페이스북 친구로 지내고 있다.

子曰, "居上不寬 爲禮不敬 臨喪不哀 吾何以觀之哉"

(자왈, "거상불관 위례불경 림상불애 오하이관지재")

공자께서 말씀하시기를,

윗자리에 있으면서 너그럽지 않고

예를 실천하는데 공경스럽지 아니하며

상을 당해 슬퍼하지 않는다면

내가 무엇으로 그 사람을 살펴보겠는가.

　대인(大人)을 평가할 때 가장 기본적인 3가지를 갖추지 않았으면 거들떠
볼 것도 없다고 했다. 그 기본적 3종 세트는 바로 관(寬), 경(敬), 애(哀)이
다. 요즘 표현으론 너그러움(tolerance), 정성스러움(sincerity), 공감 능력
(sympathy)이라고 할 수 있다. 이 또한 공직자가 가져야 할 기본 덕목이
아니겠는가.

사무관 승진 축하 화분을 관할 경로당(21개소) 어르신들께 반려 식물용으로 분양하던 모습
(2014년 7월)

"자신감 있는 표정을 지으면 자신감이 생긴다."

찰스 다윈

의정부시청 사무관 1호 파견자

비가 추적추적 내리는 일요일 저녁, 이불 한 채만 달랑 싣고 중부고속도로를 두어 시간 달려 세종시 정부종합청사에 도착했다. 장시간 운전을 했기도 하거니와 저녁 식사 시간이 훌쩍 지나기도 했기에 배에서는 '꼬르륵' 소리가 들렸다.

도시의 불빛은 찾아보기 힘들 정도의 황량함이 느껴졌다. 비까지 구슬프게 내리고 있어 더욱 쓸쓸한 분위기였던 세종시의 첫인상, 지금도 기억이 생생하다. 낯선 곳에 떨어진 이방인의 심정이어서 그리 느꼈을 것이다.

국무조정실 길 건너 상가에서 불빛이 흘러나와 홀린 듯 들어갔다. 내 고향의 맛, '의정부 부대찌개' 식당이었다. 전국 어디를 가도 맛의 차이는 있지만 부대찌개를 먹을 수 있음에 감사하다. 딱히 당기는 메뉴가 없을 때는 평소 즐겨 먹던 일명 '의정부 찌개'라고 불리는 부대찌개를 먹곤 한다.

식사를 마치고 차로 5분 거리인 문화관광체육부 인근 세종푸르지오시티

1차 오피스텔 제일 꼭대기 층인 20층을 찾아갔다. 내가 1년 동안 머무를 공간이었다. 한 층에 50여 개의 방이 있었는데 입주한 방은 몇 개 되지 않았다. 어둡고 무서울 정도로 고요한 아무것도 없는 적막감이 흐르는 방이었다. 가져온 이불 한 채를 펴고 그렇게 하룻밤을 보냈다. 내가 그곳에 간 이유는

'지방공무원임용령 제27조의2 제1항 제2호의 규정에 의해 국무조정실 주한미군 기지이전지원단 파견을 명함. 2014. 9. 1. 의정부시장'

이라는 임용장을 받았기 때문이었다.

사실 파견 근무는 본인의 동의도 있어야 하는데 당시 인사를 담당하는 국장께서 내가 파견을 가면 결원이 발생해 후배 1명이 사무관 승진을 할 수 있다는 말을 했다. 그 말에 나는 주저 없이 파견에 동의했다.

한참을 지나서야 알게 된 사실인데, 서너 명의 대상자에게 주무관(6급)에서 사무관(5급)으로 승진을 시켜줄 테니 파견을 가달라 얘기했지만 가려고 하는 직원이 없었다고 한다. 그래서 이미 사무관 승진을 해서 자금동장이라는 직위를 받고 업무를 하고 있던 내가 파견 가게 된 것이었다.

누구를 탓하랴. 마음 약한 나 자신을 탓했다. 살짝 손해 본 느낌이었지만 인생사 손해만 보는 것은 아니었다. 또 다른 환경 속에서 일을 하게 된 것

은 다양한 경험을 할 수 있다는 뜻이다. 오히려 기회라는 생각을 했다. 이런 사유로 나는 의정부시청에서 1호 사무관 파견자로 기록된다.

이후 의정부시에서는 총리실과 감사원에 매년 1명씩 사무관을 파견 보내고 있다. 당시는 박근혜 정부 시절이었는데 1년 사이에 정홍원, 이완구, 황교완 총리 등 3명의 총리가 교체되었다. 총리 교체 시기였던 것 같다. 박근혜 정부에 총리를 역임한 분이 세 명이었는데 나는 1년간의 파견 근무를 했지만 총리 3인 모두와 근무를 한 셈이다.

정홍원 총리는 인품이 돋보이셨고 부서별 오찬도 자주 가졌는데 주한미군기지이전지원단은 그리 주목받지 못하는 부서이었음에도 세 번 정도 오찬 자리에 참석했던 것으로 기억한다.

이완구 총리는 두 달 정도 총리직에 있었고, 황교안 총리는 2015년 6월부터 박근혜 정부가 끝나는 2017년까지 2년간 총리직을 수행했다. 총리는 국회 인사청문회를 통과해야 하기 때문에 총리실 직원들은 인사청문회 준비를 짧은 시기에 두 번 하는 진기록을 세웠다.

인사청문회와 총리 취임식을 두 번이나 했기 때문에 나름 바쁜 시기였다. 이때 기재부 제1차관이었던 추경호 실장이 국무조정실장으로 영전하고 이후 정계에 입문, 2024년 국민의힘 원내대표로 활동하기도 했다.

대통령 기록실 앞 호수공원은 그 크기도 컸지만 상당히 잘 꾸며 놓은 산책길이어서 퇴근 후나 주말에 피크닉도 즐기고, 귀갓길에 반달 모양의 특이한 국립 도서관은 지금도 가끔 생각나는 공간이기도 하다.

경기북부에서만 반평생을 살아온 나는 이때 호남지역 구석구석을 여행하는 호사를 누렸다. 세종에서 호남지역은 1~2시간 거리였지만 의정부에서 호남지역은 3~4시간은 기본적으로 소요되었기에 세종에 베이스캠프를 치고 여행을 하는 즐거움을 맛보았다.

세종에 처음 도착했을 때는 무거운 마음이었는데 복귀할 때쯤엔 파견을 연장하고 싶은 마음까지 들 정도로 새로운 환경에 잘 적응하며 1년이라는 세월을 보냈다. 좋은 사람들과 좋은 인연, 좋은 추억을 간직한 추억의 시간이었다.

"부지런히 노력하는 사람이 결국 많은 대가를 얻는다."

알렉산드리아 피네

중앙(빨간 넥타이) 정홍원 전 총리. 앉아 있는 사람 왼쪽 두 번째(빨간 넥타이)가 필자

F4는 꽃보다 남자(Flower Four)가 아니라
4人의 Fu*k였다

민선 5기가 시작됐다. 민선 4기 때 기획팀장이었던 나는 민선 5기가 되면서 좌천의 대상이 되었다. 신임 시장은 전임 시장과 당도 달랐고 전국에서 몇 안 되는 경전철 사업 추진 문제로 날을 세우던 시기였다.

경전철 사업은 김해, 용인, 의정부에서 친환경 교통이라는 장점을 부각하며 추진되었다. 경전철 사업은 신임 시장이 '적자다.', '도시미관을 해친다.' 등등의 이유로 전격 재검토를 공약으로 하였으나 시기적으로 개통을 앞둔 시점이어서 이후 개통식을 거쳐 지금까지 운행되고 있다.

당초 일 17만 명을 예상하는 용역 결과로 추진된 사업이었으나 일평균 4만 2,000~5,000명이 이용하는 교통수단으로 자리 잡고 있다. 적자로 인한 파산 등을 거쳐 대체 사업자를 선정해 시민의 발로서의 역할을 하고 있으나 매년 200~300억 원의 재정 부담을 안고 있는 현실이다.

재정 여건이 좋지 않은 기초지자체에서 사업을 추진할 때는 보다 세밀한 재정 여건을 감안하여 감당이 가능한 선에서 사업을 추진할 필요가 있다.

현재 전국의 모든 기초지자체가 재정난에 허덕이고 있는 데는 여러 가지 이유가 있겠으나 이렇게 무리한 사업을 추진하는 데에서 기인되었다고 볼 수 있다. 표를 의식한 기초자치단체장들의 보여주기식 행정에 대해서는 공직자들이 완급을 조절할 수 있도록 해야 할 것이다.

그나마 경전철 문제는 적자이고 세금에서 운영비를 200~300억 원을 보조해 준다고 해도 경전철을 이용하는 시민들에게는 교통 복지 차원으로 생각할 수 있지만 시민들에게 혜택이 적은 자체 예산이 들어가는 사업 추진은 지양해야 할 것이다.

인사권자에게 잘 보이기 위해서 오히려 바람을 잡아 예산이 낭비되는 사례가 있어서는 안 될 것이다. 아무튼 또 하나의 기초지자체의 병폐는 시장이 바뀌면 소위 말하는 핵심 부서인 기획, 인사, 감사, 계약, 공보 라인 등을 인적 쇄신 차원에서 교체를 하는 게 일반적이다. 때문에 선거 때 줄을 서는 현상도 심심치 않게 발생되는 게 현실이다.

공무원은 헌법에 정치적 중립의 의무를 규정하고 있다. 대한민국 헌법 제7조는 공무원의 지위와 신분을 규정하고 있다. '헌법 제7조 제1항 공무원은 국민 전체에 대한 봉사자이며, 국민에 대하여 책임을 진다. 제2항 공무원의 신분과 정치적 중립성은 법률이 정하는 바에 의하여 보장된다.'고 규정하고 있다.

공무원은 그럼에도 시민의 한 사람으로 투표권도 있고 소속 기관 인사권자인 자치단체장에 의해 승진, 전보 등 이익 또는 불이익이 발생되기 때문에 지역에서는 공공연하게 줄을 서는 공직자들이 있는 것으로 알고 있다. 관선 때와는 다른 진풍경이다.

지역 신문에서도 좌천성 전보가 있을 것이라고 보도되기도 하였다. 하지만 나는 보직상 규정에 인수위원회를 지원하는 역할을 하게 되어 있었다. 행안부 지침이 시군 기획팀장이 인수위원회를 지원하도록 한 것이다.

이를 계기로 인수위원들의 신임이랄까? 인정이랄까? 나쁘지 않은 관계로 한 달 동안의 인수위원회 지원 업무를 마쳤다. 좌천될 것이라는 예상을 깨고 인사팀장이라는 보직으로 자리를 옮겼다. 이는 또 다른 '공공의 적'이 되는 단초가 된다. 인수위원회 활동 종료 직전, 당시 한 인수위원이 "팀장님 한 달간 고생했는데 혹시 이동하고 싶은 자리가 있으면 얘기해 달라."고 했다.

하지만 나는 "언론 보도도 그렇고 취임하시는 시장님 방침도 그러하니 과거 송산동 지역에서 총무 업무도 하고 사무장도 했고 주민들과 정도 들었다. 송산동 사무장으로 가면 좋겠다."고 청탁 아닌 청탁을 하였다.

당시 해당 인수위원은 웃고 넘어간 일인데 몇 달 후 나는 인사팀장으로 발령을 받았다. 이 일은 후일 누구와의 '친분설' 등으로 여러 상황에서 인사권자에게 불이익을 받게 되는 계기가 됐다.

공직자가 맡은 업무에 대해 최선을 다하는 것은 기본이라고 생각한다. 문제는 너무 열정적이다 보니 성과는 있지만 같이 일하는 동료 직원들이나 하급자 입장에서는 다소 부담스러운 인물로 조직 내 소문이 나기 시작한다.

혁신팀장, 기획팀장, 인사팀장 등을 거치며 붙여진 별명 아닌 별명인 것 같다. 일자리경제과장을 하면서 차석으로부터 "과장님은 F4치고는 너무 유하다."라고 얘기를 해서 F4라는 조직 내 별명을 처음 알게 됐다. 처음 들었을 때는 2009년 인기가 꽤 많았던 드라마 〈꽃보다 남자〉를 얘기하는 것인가라는 생각도 했다.

도대체 무슨 뜻이냐고 되묻자 차석은 박장대소로 답을 대신했다. 궁금하면 못 참는 성격이라 수일에 걸쳐 알아본 결과 F4는 '4인의 Fu*k'였다. 나름 열심히 열정을 갖고 일하고 있다고 생각했는데 직원들은 뒤에서 F4라고 부르며 놀렸던 것이다. 6급 팀장 때쯤 붙여진 4인의 F4는 조 모 국장, 이 모 국장, 김 모 과장, 그리고 나였다.

개인적인 사정으로 일찍 퇴직을 한 분 외에는 기초지자체에서 최대한 승진할 수 있는 '국장'까지는 모두 역임했다. 다들 열정이 넘치고 업무적으로도 손색이 없는 분들이라고 몇몇 후배 공직자들이 귀띔을 해주기는 했지만 불명예스러운 별명을 생각하면 이 글을 쓰고 있는 이 순간에도 웃음이 난다. 내가 얼마나 마음이 여린 사람인데….

다시 공직생활을 한다면 성과주의까지는 '오케이'이지만 언어나 행동은 더욱 부드러운 공직자가 되겠다는 다짐을 해본다. '미국의 연인'으로 불리는 캐나다 출신 메리 픽퍼드는 이렇게 말했다. "실패란 넘어지는 것이 아니라 넘어진 자리에 머무는 것이다." 머물지 말고 일 보 전진을 선택해 보려고 한다. '인생은 60부터'란 말도 있듯이, 한 시대를 같이했던 F4들의 인생 2막을 응원드린다.

"1%의 가능성, 그것이 나의 길이다."

나폴레옹

공무원에게 승진은 인생의 전부

9급 공무원으로 공직을 시작하면 보통 네다섯 번 정도 승진의 단맛을 볼 수가 있다. 승진 후보자 명부에 올라 승진할 시기가 되면 모든 것을 조심하고 오로지 승진을 위한 생각만 하게 된다. 심한 경우 정기 인사철이 되면 넋을 놓고 있는 공직자도 본다. 공무원에게 승진은 인생의 전부처럼 느껴질 때가 있다. 사람마다의 차이는 있겠지만 말이다. 한 공무원 노조 게시판에 올라온 글을 소개해 본다.

"지금까지 승진자들은 과연 소위 빽을 이용한 인사 청탁을 하지 않았을까? 빽이 없는 사람이라 아무 말도 못 하고 묵묵히 일만 한 사람은 승진할 수 없는 것인가? 현 부서에서 근무 평정 순위 1단계라도 앞으로 당기려고 열심히 일해 부시장까지의 근평 순위를 잘 받았는데 누구의 이야기를 듣고 평가하고 인사를 하는지 알고 싶다.

일부의 승진자를 보면 무슨 능력이 있는지는 몰라도 근속 기간도 짧고, 현 직급승진도 늦은 후배가 승진하니 정말 자존심이 상하고 죽고 싶을 정도입니다. 다음 인사를 기대하며 시장님의 큰 배려가 있기를 소원합니다."

물론 승진 대상자 모두를 승진시킬 수는 없다. 승진에서 탈락한 공직자는 자기를 성찰하는 시간도 가져야 할 것이다. 하지만 윗글에서와 같이 승진 대상자의 간절한 마음이 느껴질 것이다. 승진한 사람은 기분 좋은 일이나 탈락된 사람에게는 의욕이 상실되고 조직에 대한 불만을 토로하며 나날을 보내기도 한다. 이처럼 승진 인사는 한 사람의 인생을 좌우할 수 있는 계기가 되기도 한다.

그러기에 인사권자는 공정에 공정을 다해 인사권을 행사해야만 하는 것이다. 나 역시 36년간 9급에서 4급까지 다섯 번의 승진의 기쁨을 누렸지만 우여곡절도 많았다. 그나마 나는 행복한 공직생활을 했다고 생각한다. 공무원 세계에서 흔히들 하는 얘기가 있다. 공직생활은 온실에서의 생활이고 사회는 찬바람이 몰아치는 겨울이라고…. 하지만 공직생활이 그리 만만한 생활은 아니다. 매우 절제되고 도덕적인 부분도 신경을 쓰지 않으면 승진은커녕 징계를 받는 일이 허다하다. 그래서 혹자들은 공무원 생활을 성직자 생활과 같다고도 비교하기도 한다. 모든 범죄 행위에 형사 처벌과는 별도로 공무원법상 징계 등 이중 처벌을 받는다. 그뿐만 아니라 여론도 중요하다. 구설수에 오르는 것도 조심해야 한다. 품위 유지 위반이라는 벌칙 조항이 있어 매사에 행동을 조심하지 않을 수 없다. '인생이 바깥에서 보면 희극인데 안에서 보면 비극'이듯이 공직생활도 그렇다고 할 수 있다.

8급 때의 일이다. 인사 발령을 지금처럼 인터넷에 공지하지 않을 때이다. 인터넷 자체가 없었기 때문이다. 청 내 방송에서 승진 전보자를 직접 발표하던 시절이다. 인사 발령 방송이 나오면 필기도구를 들고 귀를 쫑긋 세우고 호명되는 인사 발령 사항을 메모해야 했다. "1998년 1월 정기 인사 발령 사항입니다."라는 말이 사무실 스피커를 통해 흘러나왔다. 평소와 같이 호명되는 사항을 열심히 적고 있었는데 "사회복지과 지방행정 서기 박성복, 지방행정 주사보에 임함. 송산동 근무를 명함."이라는 방송이 흘러나왔고 나는 필기를 멈추고 사무실 밖으로 나와 담배 한 개비를 물었다. 좋아할 수도 싫어할 수도 없었다.

솔직히 너무 기뻤지만 같은 계(係) 안에 입사 동기가 세 명이 있었는데 나만 7급으로 승진했기 때문이다. 1998년 1월 1일 자 지방행정주사보(7급)로 승진하여 송산동사무소에 근무를 하게 됐다(지금은 송산1동 · 송산2동 · 고산동으로 분동된 지역이다).

송산동사무소를 거처 환경사업소(하수 처리부서)에서 소방수 역할도 하고 총무과에 근무하게 된다. 2001년 12월 24일 크리스마스이브에 눈이 많이 왔다. 그날 총무과 발령을 받고 회식을 했던 기억이 지금도 생생하다.

엊그제 같은데 24년 전의 일이라니 화살 같은 세월의 속도를 실감한다. 총무과에서 처음에는 동행정을 지원하는 업무를 하다 선거업무와 동향 업무를 하게 되는데 이때 소위 말하는 지역의 오피니언스들을 많이 알게 됐다. 지역 동향을 파악하고 시정에 반영하는 일이라 중요도도 높았던 업무다. 7급에서 10년 정도의 경력이 되어야 6급을 승진하는 시절이었기에 주사보(7급) 7년 차인 나는 승진은 할 생각을 못했다. 그냥 맡은 업무에 충실하며 하루하루를 생활하고 있었다.

그런데 나보다 4~5년 나이는 위지만 공무원 경력은 3~4년 정도 아래에 있는 직원이 (개인적으로는 형님으로 지내던 사이였음) 인사철이 되자 6급으로 승진을 하겠다는 소문이 돌았다. 그 직원은 인사 담당자로 그렇지 않아도 남들보다 승진을 빨리하고 있었는데 기초지자체에서는 직위가 있는 6급 승진도 일반적인 직원보다 5년 이상 앞당기려는 것이 솔직히 못마땅했다. 더욱이 나보다 3년 정도 공직을 늦게 시작한 분인데…. 그 소리를 듣고 그날부터 잠을 설쳤다. 승부욕이라고 할까? 일에 대해서만은 누구보다 열정적이고 자신이 있다고 생각했는데….

지금은 승진 후보자 명부가 공개되고 있지만 20여 년 전에는 본인조차 승진 후보자 순위를 모르고 있었다. 왜냐하면 알려 주지도 않았고 알 수도 없었다. 어찌어찌해서 승진 후보자 순위를 알게 되었는데 10위권 밖이었다. 지금처럼 배수 안에서 인사권자가 맘대로 승진을 시키기도 하지만 그때는 인사권자가 명부 순위를 벗어나서 승진을 시키는 권한을 행사하지도 않았다. 조직의 안정화를 위한 것인데 작금에는 승진 후보자 배수 안에만 들면 후순위자도 승진을 시키는 경우가 종종 있다.

아무튼 당시 나의 순위가 뒤에 있는 경위를 알아보니 교육 점수가 없기 때문이었다. 교육 점수는 5점이었는데 소수점 자리로 승진 후보자 명부 순위가 결정되는 사안이라 교육을 갔다 오면 바로 1위가 될 수 있었다. 인사 시기가 한 달 남짓 남았기에 급히 교육을 신청했다.

그러나 우리 부서(당시 인사 부서에서 근무를 했었다)에서는 교육을 승인해 주지 않았다. 답답할 노릇이었다. 교육을 수료하고 나면 내가 1위로 올라가게 되니 인사 이후 교육을 가라는 분위기였다. 아마도 부서에서는 승진자를 정해 놓은 듯 보였다. 며칠을 고민하던 끝에 경기도청 동향 부서(나와 동일 업무 상급 기관) 담당자에게 전화해 의정부시에서 내가 처한 상황을 자세히 설명했다. 요지는 "승진을 하려면 몇 년 더 있어야 순서가 되기 때문에, 그때 가서 승진을 하려 했는데 나보다 많이 뒤에 있는 분이 승진을 하려고 한다. 명부 순위가 뒤에 있지만 교육을 다녀오면 순위가 올라가는데 우리 기관에서는 교육을 보내 주지 않는다. 좀 도와달라."고 사정했다.

며칠 후 경기도에서 팩스가 하나 들어왔다. 도지사 명의로 '통일교육원'으로 교육 명령을 내준 것이다. 통화는 가끔 하지만 일면식도 없는 경기도청 직원 덕분에 일주일의 교육을 수료하고 명부 순위를 올려 6급으로 승진을 하게 된다. 도움을 주신 분께 당시 경황이 없어 감사의 인사를 하지 못했다. 이제라도 감사한 마음을 전한다. 2004년 12월 1일 자로 나는 송산2동사무소 사무장으로 근무를 하게 된다. 공직 15년 차 38세 때의 일이다. 위에서 얘기한 것처럼 본의 아니게 남들보다 상당히 빠른 시기에 6급으로 승진을 하게 됐고, 결과적으로 사무관 승진에도 긍정적 영향으로 이어졌다. 그때는 그 직원이 얄밉기도 했지만 돌이켜 보니 그분 덕에 공직생활에서 적어도 승진에 대한 부분에서만은 상당히 유리한 상황이 만들어지게 된 계기가 되었다. 사무관 승진도, 남들보다 이르다는 시기에 이룰 수 있었다.

"그대의 하루하루를 그대의 마지막 날이라고 생각하라."

호라티우스

제가 의정부시장입니다

사람은 어떤 생각을 하며 살아가느냐에 따라 결과가 매우 다르게 나타난다. '세상사 마음먹기 나름이다.'라는 말이 그냥 나온 말은 아닌 거 같다. 모든 행복도 생각에서 오고 모든 불행도 생각에서 온다. 행복한 생각을 하면 행복한 행동을 하게 되고, 불행한 생각을 하면 불행한 행동을 하게 된다. 그래서 좋은 생각, 창의적인 생각, 긍정적인 생각을 많이 하는 것이 좋다.

공직자가 업무를 추진하는 과정도 똑같다. 어떤 마인드를 가지고 어떻게 접근하느냐에 따라 결과가 달라질 뿐 아니라 과정도 민원인에게 만족을 줄수도, 불만족을 줄 수도 있다.

2005년 혁신팀장으로 업무를 추진하며 행정혁신은 마음가짐에서 나온다는 생각을 가지고 1,300여 명 전 직원에게 명함을 만들어 나누어 준 적이 있다. 업무를 추진할 때 종업원 마인드가 아닌 주인의 마음으로 업무를 처리하다 보면 민원인에게 좀 더 만족감을 줄 수 있지 않을까 하는 생각에서였다. 지금도 그렇지만 과장급 이상 정도만 명함을 소지하고 다니고 일반 직원(주무관)은 명함을 가지고 다니지 않는다.

시장의 마인드를 가지고 업무를 추진하라는 의미에서 명함 맨 위에 '제가 의정부시장입니다'라고 기재하고 그 밑에 부서명과 담당자 이름, 전화번호를 기재한 명함이었다. 직위가 없는 직원은 명함을 만들고 싶어도 남의 눈치를 보느라 명함을 만들지 못했는데 일괄적으로 명함을 만들어 나누어 주니 민원인들보다 직원들이 대만족했다.

직원의 만족감은 민원인에게 전가되어 명함을 만들기 전보다 명함을 만들어 준 이후 민원인의 만족도를 높이는 데 기여하기도 했다. 시장의 마음으로 민원인을 대하다 보니 법 테두리 안에서 적극적인 행정도 고려해 볼 수가 있고 표정도 업무적 표정이 아닌 시장이 시민을 대하는 표정으로 바뀌어 가는 것을 느낄 수 있었다. 한 번의 사례로 끝난 일이지만 하위직 직원의 마인드를 고취시키고 시민들의 만족을 높이는 방법으로는 아주 좋은 사례가 아니었나 생각이 든다.

이후 후배 직원들에게 기회 있을 때마다 이야기하곤 했다. "인사권자만 바라보고 일하지 말고 시민을 바라보고 일을 해 달라고, 내가 시장이라는 생각을 가지고 일을 해 달라."고 말이다.

의정부시
제가 시장입니다. 무엇을 도와 드릴까요?

총무과/행정혁신담당

박 성 복

경기도 의정부시 의정로 43(의정부동 326-2)
TEL : 031-828-2101
FAX : 031-828-4920
H·P : **011-343-1200**
E-mail : pzzangdo1@yahoo.co.kr

최고의 행정서비스를
제공해 드리겠습니다

시의 모든 직원에게 나눠준 '제가 의정부시장입니다' 명함 시안

> "명확한 목적이 있는 사람은 가장 험난한 길에서조차 앞으로 나아가고, 아무런 목적이 없는 사람은 가장 순탄한 길에서조차도 앞으로 나아가지 못한다."
>
> 토머스 칼라일

공직자가 말하는 팬데믹

지금은 그런 일이 있었나? 라고 할 정도로 잊혀 가고 있는 일이지만 2019년 말 중국 우한에서 발병한 코로나-19(COVID-19)는 공직생활을 하며 가장 힘들었던 일이 아니었나 생각된다.

우한에서 발생한 폐렴은 신종 코로나바이러스인 '2019-nCoV'가 원인으로 알려졌으며 신종 바이러스는 2019년 말 처음 인체 감염이 확인됐다는 의미에서 '코로나-19'로 명명됐다.

세계 각국에서는 대문을 잠그고 여행을 자제하는 등 신종 바이러스에 대한 공포감이 지구촌을 강타했다. 우리나라는 2020년 1월 19일 공항 검역에서 중국인 1명이 최초로 확진 판정을 받으며 시작됐다.

2020년 2월 18일 대구에서 31번 환자가 발생되며 코로나19는 전국으로 전파되었는데 다음날인 2020년 2월 19일 대구발 고속버스가 의정부로 출발했다는 소식이 들려왔다.

이에 나는 몇몇 직원들과 함께 버스 터미널로 출동했다. 어떻게든 코로나바이러스의 의정부 상륙을 막아 내야 하는 절체절명의 순간이었다. 승객들과 고속버스 내부에 방역을 실시하는 등 감염병이 확산되지 않도록 하기 위해 혼신의 힘을 다하였다. 방역에 초비상이 걸렸다.

시청에는 상황실이 설치되었고 직원들이 순번을 정해 밤낮을 근무했다. 나는 안전교통국 주무과장으로 상황반장의 역할을 수행했다. 상황반장은 하루에 벌어진 코로나-19 방역 사항과 환자 발생, 이송 등 모든 상황을 정리하고 매일 밤 12시가 넘어서야 퇴근을 할 수 있었다.

금방 끝날 줄 알았던 팬데믹이 몇 달간 지속되었다. 체력적으로도 도저히 감당이 안 되어 상황반장을 국(局)의 과장 2명이 격일로 근무하기도 했으나 지속되는 확산 발병으로 수개월 뒤에는 국 전체과장이 요일별 상황반장을 하기에 이르렀다.

상황반은 매일 아침 국무총리가 주재하는 화상 회의를 시작으로 하루를 열었다. 초기에는 마스크의 수급이 제대로 되지 않아 정부나 우리 시나 고생을 많이 했고 요일별로 마스크를 살 수 있는 조치와 사재기 등을 단속하면서 점차 마스크 수급이 원활해졌다.

사람이 죽어 나간 수해 현장도 겪어 봤고, 사망자가 발생한 화재 현장에도 있어 봤지만 코로나-19 팬데믹으로 인한 공포감은 표현하기 힘들 정도였다. 이렇게 힘든 상황은 2년이나 넘게 지속됐다.

모든 행정력이 이곳에 집중되었고 이러한 상황들이 일상이 되었다. 피해 상황도 상상을 초월했다. 코로나-19로 사망한 숫자만 봐도 그때의 어두운 팬데믹 상황을 가늠할 수 있을 것이다. 공식 집계만도 세계적으로 약 700만 명이 사망했고 우리나라만도 3만 4,000명 정도가 목숨을 잃었다. 실제로는 이보다 3배 이상의 사망자가 발생했다고 추정하고 있다.

금세기 최고의 감염병으로 기록될 것이다. 경제적으로도 '코로나 때보다 더하다, 낫다.' 식으로 불황의 기준이 되기도 하였다. 식당, 여행업, 항공, 교통 등 사람이 모이는 일과 관련한 업종에는 매상이 급감하여 도산하는 상인들도 셀 수 없을 정도로 많았다.

반면 배달 문화는 발달되었던 계기가 되지 않았나 생각된다. 다시는 이러한 비극적인 감염병이 창궐하지 않기를 바라며 그 당시 감염병 현장을 누비며 애쓰신 공직자들께 감사의 말씀을 전한다.

특히 목숨을 걸고 수고해 주신 우리의 영웅 의료진께도 심심한 감사와 존경의 마음을 표한다. 국민들께도 잘 이겨내셨다고, 잘 버티셨다는 응원에 마음을 전한다. 덕분에 손발 잘 씻고 몸이 좀 이상하면 마스크 착용하고 위생적인 생활 습관이 생긴 점은 바람직해졌다고 볼 수 있을 것이다.

① 코로나 당시 페이스북 활동 ② 마스크 대란을 알 수 있는 사진 ③ 대구발 광역 버스 방역 사진

"행운이란 100% 노력한 뒤에 남는 것이다."

랭스턴 콜만

서기관 승진의 영광

서기관(書記官, Scribe)은 성경에서 율법을 필사하거나 연구해서 가르치는 전문 율법 학자를 가리킨다. 나라의 공문서를 작성하는 행정 관료를 뜻하기도 한다. 지방자치단체에서는 도의 과장, 일반 구의 구청장, 일반 시의 국장, 소규모 시의 부시장, 군의 부군수 등의 지위를 갖는다.

나는 2021년 1월 1일 자로 서기관에 임용됐다. 1989년 8월, 23세의 나이에 공직을 시작해 32년 만인 55세 나이에 기초지방자치단체에서 말단직(9급)이 올라갈 수 있는 최고 직급인 서기관(4급)까지 온 것이다. 영광스럽지 않을 수 없다.

공직생활이 5년 남짓 남았을 때의 마지막 승진이다. 세월은 유수와 같다고 정말 화살처럼 지나간 공직생활이었음을 회상하게 된다. 승진 후보자가 된 후 승진을 하기까지는 여러 가지 재미있는 에피소드가 있지만 상대가 있기에 다 표현할 수 없음에 아쉬움이 있다.

경쟁자 간에는 종종 없는 말을 만들어 음모와 가짜 뉴스 등을 퍼트리는 것은 기본이고 지역에서 개인적인 친분 관계, 정치적인 생각까지도 안줏거리가 되기도 한다. 나 역시 2~3년은 그것에 시달린 것으로 기억된다. 정신적 부담감도 만만치 않아 승진을 포기하거나 공직을 떠날 생각까지도 했으니 그 고통은 이루 말할 수 없었던 것이다.

이유야 어찌 되었든 경기북부 사무관 중 최고참(사무관 경력 7년, 이 시기는 최소 승진 연수인 4년만 지나면 승진하는 공직자가 많을 때임)이라는 타이틀을 가졌던 나는 사무관 직위인 자금동장, 총리실 파견, 신곡2동장, 체육과장, 의회 전문위원, 일자리경제과장, 교통기획과장을 두루 거치면서 우여곡절 끝에 서기관 승진을 했다.

민선 시장이 되면서 주민의 의견을 좀 더 적극적으로 수렴하여 정책에 반영하는 등 여러 가지 장점도 있지만 인사라든지 예산 낭비라든지 병폐도 많음은 주지의 사실이라 할 수 있다.

예전(정확한 시점은 모르겠으나 공무원 연금법 개정 전)에는 승진할 경우 수령 연금액의 차이가 컸다. 사무관에서 서기관으로 승진할 경우는 그 폭이 훨씬 컸다. 그 당시는 많이 떼고 많이 받는 방식이었다면 최근에는 많이 떼고 적게 받는 방식으로 바뀌었기 때문에 동일한 근무 기간일 경우 직급 차이에서 오는 연금 수령액은 동일해졌다.

따라서 전에는 승진에 대한 경쟁이 치열할 수밖에 없는 동기 부여가 있었겠지만 최근에는 굳이 그럴 필요까지는 없다고 생각된다. 왜냐하면 개인차는 있겠으나 연금만을 고려해 볼 때 주무관(6급), 사무관(5급), 서기관(4급)과의 연금 수령액 차이가 없기 때문이다. 봉급액에 따라 직급이 올라가면 공제 금액은 증가하지만 연금 수령액은 근무 기간만으로 산정되니 같다고 볼 수 있다. 다만 직위가 상승되면서 역할이나 만족감 등은 다를 수 있고 직급 상승에 따라 봉급도 오른다.

승진에 대한 욕구는 업무 실적이나 태도 변화에도 긍정적 영향으로 작용하게 되지만 과도한 경쟁으로 상대를 비방하는 태도는 공직 내부의 비인간화 현상을 불러올 수 있고 상호 인간관계에도 악영향을 줄 우려가 크다.

페어플레이 정신으로 선의의 경쟁을 한다면 조직 발전에도, 개인의 발전에도 좋을 것이라 생각한다. 다양한 업무 능력에 대한 공정한 평가가 이루어지지 않는다면 서로에게 상처만 줄 뿐이다.

민선 시장이 인사권을 가지고 있기 때문에 조직 밖에서 영향력 있는 지인의 말 한마디에 좌우되기도 하는 게 기초지자체의 현실이기도 하다. 하지만 그렇게 승진한 직원은 누구에게 감사와 충성을 하겠는가?

자치단체장도 여론 청취까지는 좋지만 인사권에 대한 얘기는 신중히 듣고 확인하는 절차가 반드시 있어야 더 공정한 인사 시스템이 될 것이다. 어떤 한 사람의 감정이 공적 시스템을 흔드는 일이 발생되면 안 되기 때문이다.

결론적으로 얘기하자면 승진을 희망하는 사람은 과도한 경쟁으로 서로에게 상처가 되는 언행을 삼가고 인사권자인 자치단체장은 여러 경로의 여론을 청취, 공적 시스템을 통해 승진 대상자를 결정해야 예측 가능한 인사가 될 것이다. 예측 가능한 인사는 보직 경로를 지켰을 때 더 극대화될 수 있다. 한정된 승진 자리를 보직 경로를 통해 승진 자리에 대한 대체 자리로 활용할 수도 있고 조직 안정화에도 기여할 수 있으니 일거양득이라 할 수 있다.

인사혁신을 빙자한 발탁 인사가 많아질 경우 예측 가능한 인사가 아니라 예측 불가능한 불공정한 인사가 될 수 있으니 이는 인사 정책에서 매우 유념해야 할 부분이다. 공적 조직이 민주적으로 발전해야 시민이 행복할 수 있다. 일은 사람이 하는 것이기에 그렇다. 공무원 생활을 하며 가장 기쁜 순간은 뭐니 뭐니 해도 승진을 했을 때이다. 그 기쁨을 누릴 권리는 누구에게나 공정하게 주어져야 할 것이다.

"여러분이 할 수 있는 가장 큰 모험은 바로 여러분이 꿈꾸는 삶을 사는 것입니다."

오프라 윈프리

서기관 승진 축하 화환 속에서 한 컷(2021년 1월)

인사는 만사

인사(人事)는 만사(萬事)라는 말이 있다. 이 말 속에는 인사가 매우 어려운 일이라는 것을 내포하고 있다. 인사의 잘잘못은 조직의 발전과 쇠락에 밀접한 관계가 있다. 정책도 중요하지만 정책을 실행하는 것도 사람이 하는 일이기 때문이다. 능력이 있는 인재를 뽑아서 적재적소에 배치했는지, 공평하고 원칙 있는 인사가 이뤄졌는지 결과는 나중에 반드시 나타난다.

나도 기초자치단체라는 조직 생활을 하였기에 인사의 대상으로 36년을 생활했다고 해도 과언은 아닐 것이다. 때로는 영전(榮轉)도, 때로는 좌천(左遷)도 하게 된다. 승진이나 같은 단계라도 좋은 자리, 이른바 '꽃보직'을 꿰차면 영전으로 여기게 된다. 아마도 짧은 시간이나마 기분은 좋아지고 좀 우쭐해지기도 한다. 사람이기에 그럴 수 있다.

인사권자에게 감사한 마음이 생기기도 하고 조직에 대한 충성도를 다지는 계기도 될 것이다. 반대의 경우는 흔히 좌천으로 별 볼 일 없는 한직 혹은 외지로 내몰리는 신세로, 일종의 투사(投射) 심리가 발동되기도 한다. 조직에 대한 냉소적인 생각과 인사권자에게는 반발과 함께 적개심까지도 생기게 된다.

2023년 1월 1일 자로 홍선동장(권역국장)으로 발령을 받았다. 정년퇴직까지는 2년 6개월, 공로 연수를 들어간다 하더라도 1년 6개월이 남은 시점에서 사실상 2선으로 물러나게 되었다.

36년의 공직생활을 하면서 여러 번 임용장을 받았지만 반평생을 몸담아 온 조직에서 분리되는 기분을 느끼게 될 줄은 미처 생각하지 못했다. 공직생활을 하다 보면 여러 가지 이유로 영전도 했다가 좌천도 하게 되는데 열심히 마지막까지 최선을 다하다 영광스러운 퇴직을 하리라 생각해 오던 나로서는 서운한 감정을 떨쳐 버리기가 쉽지 않았다.

양당 체제인 우리나라에서 지방자치단체의 장은 정당 공천(公薦)을 통해 선출직이 자치단체의 장(長)을 맡는다. 여야(與野)가 계속 바뀌는 시스템에서 법에 나오는 중립의 의무를 다하기 위해 나름 최선을 다했지만 지역의 호사가들로 인해 이리 또는 저리도 분류되어 본의 아닌 인사상 불이익을 당하는 경우를 종종 보게 된다.

나의 서운한 마음을 알고 인사권자인 시장께서 별도로 불러 미안한 마음을 전했으나 앞으로는 보직 경로를 무시한 인사(人事)로 인해 조직의 사기가 떨어지지 않도록 해달라는 부탁의 말씀을 드리고 돌아왔다. The Crisis is a chance. 위기는 기회라고 했듯이 시민과의 접점에서 시민 불편 사항을 해결하는 해결사 역할을 하게 될 수 있음에 감사하는 마음으로 맡은 바 최선을 다하는 공직자로서 남은 공직생활을 할 것이다. 다 내가 부족한 탓이다. 이는 퇴직 후에도 지역을 위해 봉사할 수 있는 방법에 대해 생각해 보는 계기가 된다. 얼마 전 골프 황제 타이거 우즈가 필드로 돌아왔다.

골프 황제 타이거 우즈는 몇 차례 부상 및 부진으로 필드를 떠났다가 귀환을 반복했지만 좌절하지 않고 피나는 노력을 했을 것이다. 그에게 박수를 보낸다. 사람들은 환경에 약해서 시련과 고통이 찾아오면 쉽게 절망하고 포기하게 된다. 이완용은 나라가 어려울 때 나라를 팔았고 김구 선생님은 나라를 위한 꿈을 한 번도 굽히지 않았다.

누구에게나 인생의 고난과 시련의 상황에 맞닥뜨리게 된다. 어쩔 수 없이 비굴해지는 상황이 있을 수도 있다. 겉으로는 고개를 숙일지라도 마음까지 굽히는 기회주의자가 되어서는 아니 될 것이다. 교활한 기회주의자들은 아무런 리스크 없이 권력자 앞에 머리를 조아리고 세 치 혀로 감언이설(甘言利說)하며 그 권력자의 눈과 귀를 가리고 그 권력의 하수인으로 같이 권력을 누리기도 한다.

눈 덮인 대나무는 잠시 휘지만 곧 제자리로 돌아온다. 매화는, 추위에 다른 화초류가 자취를 감추었을 때 추위를 묵묵히 견디며 향기를 내기 때문에 옛 선비들이 좋아했다고 한다. 조선 중기 야언(野言)에 실린 시 한 편을 소개하며 그때의 심정을 대신해 본다.

오동나무는 천년을 늙어도 곡조를 늘 지니고 매화는 일생을 춥게 살아도 향기를 팔지 않는다. 달은 천 번을 일그러져도 본바탕은 변함이 없고 버들 가지는 백 번을 꺾여도 가지를 새로 낸다.

평생을 가슴속에 간직한 나의 이념이라고나 할까?
아무튼 나는 이 시(詩)가 좋다.

"나의 임무는 직원들을 편하게 만드는 것이 아닙니다. 그들이 더 잘 하도록 만드는 것입니다."

스티브 잡스

3부

끊임없는 혁신은 또 다른 기회

낮은 곳에서 피운 꿈

혁신은 누구에게나 기회

노무현 정부는 지방 균형 발전과 행정혁신을 화두에 두고 정책을 펼쳐 나갔다. 세종시 행정 수도 이전 계획도 이때 추진됐다. 박근혜 정부에서 정부 청사가 이전되었고 이명박 정부에 와서 마무리됐다.

혁신도시를 지정해서 공공기관을 지방으로 이전하는 사업도 이때 추진하였는데 나는 2004년 송산2동 사무장을 역임하다 2005년 행정혁신팀장으로 임용되어 근무하게 됐다. 근무한 지 일주일도 채 되지 않아 당시 시장께 호출당해 1시간 동안 혼쭐나게 질책을 받은 적이 있다. 이유는 혁신도시 신청 공문이 접수됐는데 시장에게 보고도 되지 않고 담당자 열람으로 종결 처리된 부분에 대해 대노했던 것이다.

평소 인자하기로 소문난 시장께서 일개 팀장을 이리 혼낸다는 것 자체가 충격이었다. 사실 나는 전보된 지도 며칠이 되지 않아 그 문서 자체를 본 적이 없다. 아마도 전임자가 혼자 열람하고 책상에 방치했던 것으로 추정되는 사건이었다.

기초자치단체의 장으로서 지역 발전의 기회가 될 수 있는 혁신도시 지정은 나중 문제라 하더라도 신청 자체를 하지 않은 것에 대한 아쉬움이 컸던 것 같다. 행정혁신팀장을 맡은 지 며칠 되지 않아 발생한 이 사건은 이후 혁신 업무에 최선을 다하고 성과가 없을 경우 지탄을 받을 수 있는 자리라는 부담감으로 다가왔다.

업무 연찬을 하던 중 행안부에서 전국 246개 기초지자체를 대상으로 평가를 한다는 연락을 받았다. 세부 평가 항목이 공개됐고 동일한 툴(tool)에 의해 평가 후 결과를 1등부터 꼴등까지 공개한다는 내용의 평가 설명회도 가졌다. 민선 지방자치시대가 열렸으니 업무 성과에 대한 공개 자체에 예민해질 수밖에 없었다.

나는 부담감이 백배로 다가왔고 목표를 설정해 최선을 다하는 수밖에 없다는 생각을 했다. 다행히 담당 국장은 그래도 경기도권에서 중간은 가야 하지 않겠냐고 넌지시 말했다.

하지만 나의 목표는 달랐다. 전국 지자체 중 10위 이내를 목표로 정하고 평가 항목을 채워 넣을 서류들을 취합하기 시작했다. '호랑이를 그리려다 보면 고양이라도 그리지 않을까.' 하는 생각에서 달성하기 쉽지 않은 목표를 정했다. 그만큼 자신감과 의욕이 넘친 부분도 있었다.

당시 우리 팀원은 4명이었고 시 행정 전반에 걸친 행정혁신 성과에 대해 수개월 사이에 평가 보고서를 작성한다는 자체가 물리적으로 역부족인 상황이었다. 나는 담당 국장(총무국장)인 신 국장께 인원 지원을 요청했고 지원될 인원수가 중요한 게 아니고 일할 수 있는 사람으로 지원해 줄 것을 청했다. 또한 파견이나 겸임이 아닌 인사 발령을 정식으로 내서 책임감을 높일 수 있도록 해달라고도 했다.

신 국장께서는 흔쾌히 허락해 주셨고 나는 주무관 중 고참급으로 일 잘한다고 알려진 이 모, 신 모 주무관을 지원해 줄 것을 요청했다. 우리 팀은 수개월 동안 행안부 평가 툴에 맞는 보고서를 작성했다. 밤낮을 가리지 않았다. 책 한 권 분량의 보고서가 작성됐고 '열심히 일한 자여 떠나라.'는 말도 있듯이 나는 행안부에 평가 보고서를 제출한 직후 휴가를 떠났다.

제주도 용두암에서 아침으로 해장국을 먹고 있는데 행안부에서 전화가 왔다. "가집계를 냈는데 현재 전국 1위의 점수란다. 변동 사항이 있을 수 있으니 엠바고해 주고 위에 보고하지는 마시라."며 참고로 알고 있으라는 연락을 받았다.

수개월에 걸쳐 야근을 한 성과라고나 할까? 결과와 관계없이 최선을 다했기에 나름 만족해하고 있던 차에 반가운 소식을 들으니 짜릿한 전율이 온몸에 흐르고 이내 눈시울이 뜨거워졌다. 지금도 그때 일을 생각하면 가슴이 벅차다.

행정혁신 추진 상황 프레젠테이션 등 정성 평가를 마치고 최종 평가 결과는 2위. 기관 표창 국무총리상을 받았다. 부상으로 사업비 10억 원이라는 예산도 받았다. 의정부시가 시 승격 이후 행정 전반에 걸친 전국 단위 행정 평가에서 거둔 성적으로는 최초가 아닐까 싶다. 시청사 옥상에는 수상을 축하하는 애드벌룬을 띄우고 축제 분위기 속에 몇 개월을 보냈다. 개인적으로는 대통령 포장을 받는 영광도 누렸다.

일은 절대 혼자 할 수 없다. 평가를 준비한 우리 팀 직원들의 업무 역량도 탁월했지만 모든 직원이 평가에 참여했기에 그들의 노고를 치하해야 한다고 건의드려 상 사업비로 100명의 직원을 선발해 해외 연수 프로그램을 운영했다. 한 번에 100명의 해외 연수 길이 열린 것이다. 이 또한 시 승격 이후 처음 있는 일로 기록되고 있다.

그때 같이 일했던 임우영 국장, 이형순 동장, 신웅식 과장, 이선희 과장, 최정원 팀장, 그리고 혁신외부위원으로 도움을 주신 소성규 교수, 김환철 교수, 김성후 교수, 허훈 교수, 김원기 교수 등께도 감사의 말씀을 드린다.

평가에서 기대 이상의 결과를 보시고 시장께서는 사무관 승진을 시켜 주라고 인사담당국장에게 주문하셨다고 들었지만 최소 승진 연수가 당시 3년 6개월이었다. 2년을 갓 넘긴 나로서는 법적으로 승진을 할 수가 없었기에 에피소드 정도로 그칠 수밖에 없었다. 당시 현실적으로 사무관 승진을 하려면 6급에서 최소 10년은 경력을 쌓아야 승진 후보자가 될 수 있었음을 감안하면 이 상황 자체가 파격적일 수밖에 없었다. 이내 청 내에 소문이 났고 선배님들이 좋아할 리 만무했다.

본의 아니게 '공공의 적'이 되고 말았다. 복도를 지나가면 뒤에서 험담하는 시선이 느껴졌다. 그 무게감은 내가 감당하기 힘들 정도였다. 무엇을 바라고 열심히 일한 것은 아니었는데 뜻하지 않은 상황에 접한 나는 잠시 자리를 비우면 사람들로부터 잊히지 않을까? 하는 생각에 1년짜리 장기 교육을 신청했다. 소속 과장, 국장, 시장님까지도 장기 교육 가는 것을 만류했다. 속된 말로 "지금 뜨고 있는데 왜 교육을 가려고 하냐? 교육을 다녀오면 그간의 공적은 잊힌다."라는 말을 뒤로하고 이듬해 다시 교육 신청을 했다.

당시 장기 교육은 서로 가지 않으려고 하는 분위기였다. 교육부서에서 지명해 1년에 1명을 교육 보내던 시절이었으니 윗분들의 만류가 당연하기도 했지만 머리도 식히고 '잊히기' 위한 목적도 있었기에 주저하지 않았다. 장기 교육은 나에게 공직생활의 터닝 포인트였고 또 다른 기회였다. 공직생활 17여 년을 보낸 시점이어서 실무는 어느 정도 자신감이 있었을 때이지만 이론적으로는 문외한이었다.

교육 프로그램은 행정학과에서 배우는 대학 4년 과정을 1년으로 압축해 가르쳤고 기본 소양 등 프로그램이 다양했다. 이때 골프와 색소폰도 배우고 행정에 관한 테크닉 등도 익혔다. 개인적으로 매우 알차고 유익한 1년을 보냈다. 덤으로 경기도 본청을 포함, 31개 시·군에 인적 네트워크를 구축하는 계기가 되었다. 1년을 같이 동고동락한지라 끈끈한 인맥을 이어 나갔고 10여 년 동안인 몇 년 전까지만 해도 모임을 이어 나갈 정도였다. 지금까지도 몇 명은 연락을 하고 지낸다. 인적 인프라의 확장과 소양은 남은 공직생활에 유용한 자양분이 되었으며 방송통신대 행정학과를 졸업할 수 있는 밑바탕이 되었다.

교육 수료 후 업무 복귀 때 그동안의 전례를 보면 다시 동사무장 보직을 받고 이후 본청 계장 보직을 받는 보직 경로가 일반적이었다. 이는 교육을 기피하는 원인이 되기도 했다. 하지만 나의 경우 교육 수료 후 기획팀장이라는 보직을 부여받았다. 기초지자체에서는 꽤 비중 있는 보직이었고 이후 교육 신청자가 많아져 경쟁을 한 후 교육을 다녀올 수 있는 기회가 주어지는 시스템이 확립되는 계기가 되었다.

"시작하라! 그 자체가 천재성이고 힘이며 마력이다."

괴테

실행이 변화와 미래를 만든다

일을 추진할 때에 어찌 항상 성공만 할 수 있겠는가? 시행착오와 실패를 경험하기도 하며 그 속에서 성장의 DNA가 싹트는 것이라고 생각한다. '실패는 성공의 어머니'라는 말도 있듯이 실패를 두려워하고 아무 일도 하지 않는다면 발전도 퇴보도 아무런 일도 일어나지 않을 것이다.

나 역시도 행정을 효율적으로 하기 위해 최선을 다해 왔고 그에 따른 성과도 있었다고 자평하지만 사람이기에 기획에 무리가 있었다든지 오판으로 인해 행정의 효율을 떨어뜨렸다든지 하는 사례가 있다.

대표적인 것이 '장암아래뜰길' 사업을 추진했던 것으로 기억된다. 2013년 미래전략팀장 시절 국토교통부에서는 도시 활력증진 지역개발 사업에 대한 공모사업 응모를 추진했다. 나는 조금이라도 시에 도움이 되는 사업을 찾아 시 자체사업이 아닌 소액이나마 국비로 예산을 지원받아 사업을 추진해야겠다는 생각에 응모를 결심했다.

문제는 어떤 사업을 기획하여 응모하느냐인데 노후가 심해 방치된 도시시설물을 재탄생시키면 좋겠다는 생각을 가졌다. 폐쇄되어 방치된 장암지하보도를 녹색 문화 공간으로 만들어 주민들의 커뮤니티 공간으로 활용한다면 더없이 좋을 거 같다는 생각에 '장암아래뜰길' 조성 사업 계획을 수립, 국토교통부에 공모 신청했다.

장암 지하보도는 1998년 건립되어 사용해 오다가 2006년 도로에 횡단보도를 설치하여 통행량이 급격히 감소하게 되고 특히 야간에는 청소년들의 우범화가 우려되는 시설로, 8년째 방치된 상태였다.

다행히 신청한 공모 결과는 2억 원을 국토부에서 지원하는 것으로 결론이 났다. 빛, 온도, 수분(습기), 영양분(배양액) 등 환경을 인위적으로 조절하는 시스템이 강점이었다. 자연환경에 의존하지 않고 계절이나 장소에 관계없이 연속 생산이 가능한 미래형 도시농업 시스템인 LED 식물 재배 전시관, 한쪽에 주민들이 프로그램을 운영하는 등 커뮤니티 공간을 만들었다.

다만 이 시설을 누가 관리하는 것이 합리적인 것인가 하는 문제에 직면했다. 각 부서에서는 본인들이 관리할 수 없다고 발을 뺐다. 공모에 선정도되었고 사업비도 내려왔는데 난감한 상황이 됐다.

궁리 끝에 주민들의 커뮤니티 공간이고 식물을 재배하는 체험 공간이므로 주민들에 의해 관리되면 주민 화합과 관리하는 주민들이 보람도 느낄 수 있을 것이란 생각을 품고 몇 차례에 걸친 주민 회의를 통해 주민들이 관리하는 것으로 정했다. 또한 동에서 공익 요원을 지원하는 것으로 공사를 시작했다.

시 자산을 주민들이 자치적으로 관리하게 되는 최초의 시도였다. 나는 이후 승진을 해서 자금동장으로 발령을 받아 사업을 마무리하지는 못했지만 결국 이듬해 후임자의 손에 의해 준공이 되어 주민들이 활용하게 되는데 지하보도 깊이가 너무 깊어 항시 습기가 차 있어 관리에 애를 먹었다고 한다.

제습기만으로 해결이 안 되어 급기야 몇 년 유지하지 못하고 '장암아래뜰 길'은 폐쇄의 순을 밟는다. 기획 당시에 습도가 그리 많이 발생될 것을 예측하지 못했다. 제습기 몇 대면 해결될 것이라는 안이한 생각도 한몫했다.

방치된 도시 시설물을 재탄생시켜 주민의 공간으로 활용하고자 하는 거창한 희망은 수포로 돌아가고 예산만 낭비한 꼴이 되었다. 내가 행정직으로 사업을 추진할 때 기술적인 부분을 면밀히 검토하지 못한 실수로 인한 실패 사례라고 생각된다.

사업을 추진할 때는 반짝이는 아이디어만으로는 성공을 장담할 수 없고 전문가와 상의하는 등 면밀한 검토가 이루어진 후 사업을 추진해야 실패율을 줄일 수 있다는 교훈을 얻은 사례였다.

"실패는 옵션 중에 하나다. 실패가 없다는 건 혁신이 충분하지 않다는 뜻이다."

일론 머스크

현재의 일상은 곧 누군가의 노력

요즘 정치권에서는 부정 선거를 확인하려고 계엄을 선포했느니 대통령에 대한 탄핵이 맞느니 틀리느니 국론이 양자로 분열되어 세상이 시끄럽다. 결국 대통령은 탄핵되었고 새로운 대통령을 뽑기 위해 선거가 치러진다. 미국에서는 트럼프 대통령의 취임으로 관세 정책에 의해 우리 경제가 풍전등화의 위기인데 수출에 의존하는 우리나라 경제에는 자칫 돌이킬 수 없는 중요한 시기임에는 분명하다.

국민들이 똘똘 뭉쳐 힘을 합해도 어려울 판국에 양 진영으로 나뉘어 서로 큰 목소리로 상대가 틀렸다고 소리를 지르고 있다. 그게 곧 애국이라고 생각하는 것 같다. 진짜 애국이 어떤 것인지 다시 한번 생각해 보고 많이들 하는 얘기인 '집단 지성'이 무엇인지 그것을 발휘해 주기를 바라는 마음이다. 국민의 한 사람으로 걱정스러운 마음이다. 어려운 정치 얘기를 하려는 것은 아니고 비일상적인 일이 일상이 될 수 있는 사례가 있어 소개하고자 한다.

환경사업소에서 어느 정도 소방수 아닌 소방수라 할까, 업무적으로나 분위기가 정상화되고 있다는 시점에 나는 총무과 시정계(시정계는 인사·교육 등 주로 직원을 고객으로 하는 일을 담당하고 집단 민원 동향 등을 관리하는 부서로 당시 꽤 비중 있는 부서로 평가되던 시절이 있었다)로 발령을 받고 지방 선거업무를 지원하는 일을 맡았다.

선거업무는 절차도 복잡하고 공정성도 유지해야 하는 꽤 중요한 일이었다. 선거업무 중 하나로 예비 선거인 명부를 작성할 때의 일이다. 선거업무는 주민등록 인구에 의해 선거인이 결정되기 때문에 동 단위로 업무를 수행하게 된다. 인구수가 많은 동은 당연히 투표인 수도 많기 때문에 선거인 명부 작성은 밤을 새워 해야 한다. 당시는 도트 프린터로 명부를 작성해야 했기 때문에 출력 시간이 오래 걸렸다. 도트 프린터를 사용해 본 사람은 알겠지만 레이저 프린터와는 속도 면에서 엄청난 차이가 있다. '찍찍' 하는 소리를 내며 좌우로 왔다 갔다 인쇄가 되는 기기가 도트 프린터다.

나는 레이저 프린터로 선거인 명부를 출력해야 작업 시간을 단축시킬 수 있다고 담당 계장께 건의드렸다. 당시 계장께서는 중요한 선거인 명부를 작성하는데 "기존에 하던 방식대로 해라.", "잘못됐을 경우 누가 책임을 지려고 그러느냐."며 고개를 설레설레 흔들었다. 그도 그럴 것이 선거업무에 차질을 빚을 경우 바로 징계로 이어지던 시절이었기 때문이다. 며칠을 설득하여 '예비 선거인 명부'만 레이저 프린터로 작업을 해보고 대사 작업(對事 作業)을 하면서 문제점이 있으면 다시 도트 프린터로 작업하겠노라고 약속의 말씀을 드리고 레이저 프린터로 예비 선거인 명부 출력 작업을 했다. 지금으로서는 이해할 수 없는 상황으로 여겨지겠으나 당시에는 선거인 명부 작성 업무가 매우 중요한 작업이어서 선거인이 단 1명이라도 누락된다면 큰일이 날 수밖에 없는 일이다. 시민 1명의 선거권이 없어지는 중대사이다. 관리자로서는 종전 방식대로 문제없이 업무를 추진하는 것이 당연하다고 판단했던 것이다.

하루가 꼬박 걸리고 그다음 날 정오까지 명부를 출력하던 관례를 깨고 레이저 프린터로 당일 밤 12시 이전에 명부 작성을 완료하게 되었다. 직원들이 밤을 새워 작업을 하지 않아도 된 것이다. 물론 대사 작업 시 오류는 없었다. 시간과 비용을 엄청나게 절감할 수 있는 사례였다. 지금은 그런 일이 있었던 것조차 기억하는 사람이 없었을 정도로 세월이 많이 흘러간 이야기다.

하나의 사례는 통합 민원 발급기를 운영하게 된 이야기이다. 통합 민원 발급기는 지금까지도 사용하지 않는 자치단체가 있는 것으로 알고 있다. 의정부시는 2006년 즈음 경기도 지자체 중 1~2번째로 도입한 시스템이다. 하지만 시행 전까지는 우여곡절이 많았다. 하나의 창구에서 모든 증명서 발급 민원을 처리해 주면 주민이 편할 것이라는 생각을 하게 된 것은 은행에서 업무를 처리하는 시스템을 보고 착안했다.

2005년 겨울 의정부 서부역 인근에 있는 우리은행에 은행 일을 보러 갔었다. 번호표를 뽑고 순서를 기다리는데 창구가 지정되지 않고 '띵동' 하며 대기 번호가 표시되는 창구로 가서 입금이든 인출이든 은행 일을 보는 모습을 보았다. 시청 민원실에서는 옆 창구가 비어 있어도 발급받으려는 증명서 창구에서만 증명서를 발급하고 있었다. 민원인 입장에서는 비어 있는 창구에서 좀 더 빠르게 증명서를 발급받고 싶어 하는 마음이 굴뚝같을 것이라는 생각이 들었다. 은행에서 본 시스템을 시청 민원실에 적용해 보고자 나는 일명 '하나로 창구 운영 계획'을 세워 결재를 올렸다.

하지만 시청 민원실은 당시 주택과에서 나온 인력이 건축물관리대장을, 도시과에서 나온 인력이 도시 계획 확인원을, 지적과에서 나온 인력이 지적도를, 시민과 인력이 주민등록 등·초본을 발급하는 시스템으로 민원실이 운영되고 있었다. '종합민원실'이라는 이름으로 운영됐지만 창구는 각기 다르게 운용됐다. 해당 부서에서는 난리가 났다. 계획서에 협조 사인을 하지 않는 것이었다.

당시 나는 팀장이었는데 해당 과장들이 호출하여 "네가 뭔데 남의 일을 가지고 통합을 하느니 마느니 하냐."며 거세게 반발했다. 그도 그럴 것이 아무 창구에서나 민원인이 원하는 증명서를 발급하려면 발급하는 직원이 다른 과의 발급 업무를 숙지해야만 하니 번거로웠을 것이다. 또한 타 업무에 관여하는 내가 얄미웠을 수도 있다.

부서장들의 반발은 부시장의 호출로 이어졌다. "한 창구에서 다섯 가지 종류의 증명 서류를 발급할 수 있는 시스템이기에 직원들은 조금 번거로울 수 있겠으나 민원인은 비어 있는 창구를 보며 시간을 허비하지 않아도 되기 때문에 민원 만족도를 위해 꼭 필요한 시스템입니다."라고 설명을 드리고 부시장을 민원실로 모시고 내려와 상황 설명을 했다. 결국 부시장께서는 결재를 해 주셨고 일주일간의 직원 교육을 거친 후 '하나로 민원창구'가 개설됐다.

처음에는 시청 민원실과 신곡2동주민센터 민원실에서 시범 실시하고 수개월 뒤 의정부시 전체 민원실에서 '하나로 창구'를 운영하여 민원인이 어느 민원창구에서나 원하는 증명서를 발급받을 수 있게 됐다.

20여 년이 지난 지금 진화 과정을 모르는 직원들은 처음부터 민원 발급은 지금 같은 하나로 시스템으로 운영됐다고 생각할 것이다. 그러나 아픔이 없는 곳에 절대 혁신적 시스템이 개발되지는 않는다. 공직 세계도 시대에 맞는 사고의 전환이 빠르게 이뤄져야 할 것이다. 그러기 위해서는 끊임없이 공부해야만 시민의 편익을 도모할 수 있다.

인생에서 가장 슬픈 세 가지

"할 수도 있었는데, 했어야 했는데, 해야만 했는데."

루이스 E. 분

가장 좋은 복지는 스포츠

체육과장 보직을 받았다. 의정부의 경우, 체육 업무는 행정 조직상 문화체육과에서 업무를 담당하고 있었다. 2010년대는 생활 수준이 점차 향상되어 가며 체육에 대한 시민들의 욕구가 증대해 가는 시기였다.

의정부시도 이러한 행정 수요에 발맞추어 체육 업무를 1개 팀에서 담당하던 것을 과(課) 단위의 단위 업무로 조직을 개편했다.

나는 신곡2동장을 하다가 2016년 7월 초대 체육과장으로 임용됐다. 체육회를 관리·감독하는 업무도 있었는데 체육회에 가입된 단체만도 축구협회, 야구협회, 배드민턴 등 49개 단체에 등록된 회원 수만 7만 명이 넘었다. 체육회에 미등록된 단체까지 포함하면 50여 개가 훌쩍 넘는 체육 단체에 10만 명 정도의 회원이 체육 활동을 하고 있으니 '표'에 민감한 자치단체장으로서는 중요한 포인트가 아닐 수 없다.

상황이 이렇다 보니 시에서 체육회에 집행되는 보조금도 꽤 많았고 그에 따른 보조금 집행에 대한 문제도 종종 발생하기에 관리·감독이 중요하다. 자체 체육회 이사회 경비도 만만치 않았는데 지금은 고인이 되신 체육회 상임부회장(엘리트체육과 생활체육이 분리되어 운영되고 있었다. 2015년 통합되어 생활체육회장이 상임부회장을 맡았고 자치단체장이 체육회장을 맡게 된다)의 임기 시절 업무 추진비 집행에 문제가 발생됐다.

체육회 직원이 검찰 조사를 받는 등 격변기였다고 볼 수 있다. 체육회의 대수술이 필요한 시기였다. 우여곡절은 많았지만 큰 무리 없이 2000년도에 선거에 의한 체육회장이 선출되어 1대는 이명철 회장, 2대는 송명호 회장이 2025년 현재까지 임기를 수행하고 있다.

엘리트체육 분야에서 의정부는 전통적으로 빙상, 사이클 등이 강했고 이후 컬링, 사격, 테니스 등이 강세를 보이고 있다. 의정부시청에서는 빙상팀과 사이클팀, 테니스팀 등 3개의 직장운동경기부(실업팀)를 운영하고 있다.

빙상의 여제 김민선 선수도 내가 체육과장 임기 중에 스카우트한 대표적인 선수다. 의정부시청 직장운동부 빙상팀 제갈성렬 감독이 유망한 선수가 있는데 빙상팀 선수로 같이 했으면 좋겠다는 영입 제안을 했다. 빙상팀은 시즌 시작 전 매년 캐나다 등 해외로 전지훈련을 갔었는데 마침 전지훈련 장소인 캐나다 캘거리에서 풀 클래식 대회가 열린다는 것이다.

우리나라 최고 스프린터인 이상화 선수도 출전하고 영입 대상인 김민선 선수도 출전한다는 얘기를 듣고 영입 선수의 기량도 점검하고 전지훈련 중인 빙상팀도 격려하기 위해 현지로 날아갔다. 이상화 선수 등 세계 최고 선수들도 눈에 띄었는데 제갈 감독이 얘기한 대로 김민선 선수는 고등학생 선수였음에도 불구하고 높은 기량을 뽐냈다.

귀국 후 김민선 선수는 의정부시청 소속 직장운동경기부에 입단, 빙상팀의 선수로 활약하게 된다. 이후 대표팀에 들어가 각종 대회에서 금메달, 은메달을 휩쓰는 등 동계 올림픽 메달리스트 이상화 선수에 이어 대한민국의 대표적인 스프린터로 성장했다.

2017년 초 체육회사무국장으로부터 전화가 왔다. 구미시를 연고로 하는 KB손해보험 스타즈 배구단이 연고를 의정부나 평택으로 옮기려고 하는데 상담을 해 줄 수 있냐는 것이었다.

체육 도시로 도시 이미지를 홍보하고 시민들에게 볼거리를 제공하는 차원에서 적극 대응해야 한다는 생각을 했다. 당시 KB구단 실무자들과 접촉을 한 후 시장에게 동향을 보고드렸다. 시장께서도 흔쾌히 좋다고 하시며 적극 지원하고 노력을 기울여 꼭 유치할 수 있도록 해달라고 당부하셨다.

KB 측에서는 경기장으로 쓰게 될 의정부실내체육관의 내·외부 공사를 시에 요구하였다. 평택에서는 전용 경기장을 새로 만들어 준다고 했다는 것이다. 배구단을 꼭 유치해야 하나 시 재정이 넉넉하지 않은 관계로 사면초가였다.

당시 시장은 추경에 예산을 세워 인테리어 공사를 하는 것이 좋을 거 같다는 의견이었다. KB구단주와 시장과의 면담 일정이 잡혔는데 구단주가 요구하는 사항에 답을 내야 하는 입장이었다.

체육과장이었던 나는 "시장께서는 구단주가 그렇게 요구하면 무조건 알았다고 답하시고, 그 뒤의 문제는 제가 알아서 처리하겠다."고 말씀드렸다. 그리고 수차례 실무진과의 접촉을 통해 경기장으로 쓰게 될 의정부체육관의 인테리어는 KB 측에서 하는 것으로 결정됐고, 연고지 협약식을 치렀다.

아마 공사비가 10억 이상은 족히 들었을 인테리어 공사였다. 1996년 개장한 체육관이니 21년이나 된 노후 시설이라 KB가 아니더라도 보수·보강을 하여야 하는 시설이었는데 KB스타즈 배구단 연고 협약도 맺고 체육관 보수 겸 인테리어도 했다. 이런 것이 '꿩 먹고 알 먹는다'는 속담에 맞는 상황이 아닌가.

2017~2018시즌 홈 개막전이 2017년 10월 15일 의정부실내체육관에서 치러졌다. 상대 팀은 삼성화재였다. 이후 7년 뒤인 2025년 폭설로 지붕이 안전상의 문제가 되어 임시로 의정부 소재 경민대학 체육관에서 힘찬 도약을 하고 있다. 8전 8승 경민불패 신화를 쌓아가고 있는 KB손해보험 스타즈배구단을 열렬히 응원한다.

'최고의 복지는 스포츠 복지', '의정부가 만들어 간다'라는 과의 비전 아래 1년 6개월여 간의 초대 체육과장을 역임하며 참 많은 일을 했다.

의정부 컬링장 준공 전 운영 시스템을 공부하고자 일본 홋카이도 경기장을 견학한 적도 있다. 경기북부 유일한 체력인증센터도 운영했다. 빙상장의 우수한 빙질을 활용하고 시 이미지를 홍보하기 위해 동계전국체전을 유치, 쇼트트랙을 의정부 빙상장에서 하기도 했다. 이때부터 질 좋은 빙질이 알려지며 요즘은 전국 단위 피겨 스케이팅 대회도 종종 열린다.

축구보조경기장건립 추진(설계를 완료하였으나 현재까지 착공이 안 되고 있음), 의정부종합운동장 잔디 구장에서 국가대표 A매치를 유치하고자 대한축구협회에 전화를 걸어 의정부 종합운동장의 잔디 상태를 좀 봐 달라 청하기도 했다.

대한축구협회 관계자는 보조 경기장이 없어 규정에 위배될 수 있지만 지근거리에 고양운동장이 있으니 그쪽을 사용하면 된다고 긍정적으로 검토해 주었다. 대한축구협회 관계자들과 유치비, 중계료, 입장료는 몇 대 몇으로 배분할지 등을 조율했다.

나는 당시 시설 개선을 위해 월드컵 경기장의 하나인 문수경기장에 직원들을 벤치마킹 보내는 등 준비에 만전을 기해 가며 일을 추진했다. 또한 태릉국제빙상장이 없어지며 이전 계획을 모색하고 있던 시기라 의정부로 이전될 수 있도록 제갈성렬 감독과 빙상 연맹과 이야기도 많이 진전되고 있었다.

갑작스러운 인사이동으로 마무리를 못 하고 의회전문위원으로 발령이 났다. 그때 추진하던 것이 지금까지도 추진이 안 되고 있는데 아마 과장이

바뀌면서 본인의 아이디어로 추진되던 것이 아니기에 모두 중단한 것으로
도 추정된다. 아쉬움이 많이 남는다.

과 단위도 이러할진대 시정을 총괄하는 시장이 바뀌면 어떠한 일들이 일
어나는지 안 봐도 뻔한 것이다. 행정기관의 주요 업무의 지속성은 보장되
어야 할 것이다.

① 고교 시절 김민선 선수 ② 김민선 선수 의정부시청 입단식 ③ KB개막전 포스터
④ 체육회로부터 받은 감사패 ⑤ 경기도 장애인체육대회 격려 ⑥ 일본 기타미시 컬링장 견학

"힘든가? 오늘 걷지 않으면 내일은 뛰어야 한다."

카를로스 루올

시민 품에 갈 기회의 땅 CRC

의정부에는 8개의 미군 기지가 있다. 7개는 반환공여지이고 캠프 스탠리는 아직 반환되지 않은 미군 기지다. 대부분의 반환공여지는 개발 계획을 수립하여 사업을 완료했거나 추진 중이지만 CRC(캠프 레드 클라우드)와 캠프 잭슨의 개발 계획은 오락가락하고 있다.

CRC는 한국 전쟁 당시 서부 전선을 담당했던 미 육군 제1군단 사령부가 있었던 곳이고 그 이후 미2사단 사령부로 활용되던 부지다. 따라서 CRC는 다른 미군부대 부지와는 차별화된 건축물도 많고(200여 동) 역사성도 있어 보존 가치가 높다고 할 수 있다.

대규모 병력이 주둔하던 미군부대 내부에는 마트, 영화관 등 여가 시설과 축구장, 수영장, 골프장 등 체육 시설, 교회 등 종교 시설, 미군이 생활하던 막사, 식당 등 하나의 도시 계획 시설이 다 들어가 있다.

2013년 1월 대통령 선거에 당선된 박근혜 정부의 인수위원회가 꾸려지고 의정부 시장께서는 나에게 "인수위원회에 가서 CRC를 원형 보존하여 국가 관광단지로 정부 차원에서 개발해 줄 것을 요구하는 건의서를 작성하라." 고 지시했다. "내일 오전에 가니 저녁에 좀 만들어 달라."고 말씀하셨는데 당시 전략사업팀장이었던 나는 밤사이 보고서 작성을 해야 하는 부담감도 있었다.

하지만 새 정부 출범에 의정부로서는 기회의 땅이 될 수 있는 CRC 활용 방안이 중요했다. 건의 문서는 밤새 작성됐다. 기존에 축적된 문서 등을 활용해 다음날 박근혜 정부 인수위원회를 찾아가 시장이 직접 인수위원에게 브리핑을 했다. 박근혜 대통령은 탄핵되었고 국가 관광단지 조성 계획은 실현되지 못했다. 이후 물류 단지로, 지금은 디자인 클러스터 부지로의 활용 방안이 모색되고 있고 또 변경 예정으로 알고 있다. 70여 년간 국방을 위해 증발되었던 땅이 의정부 발전에 유용하게 쓰일 계획이 수립되고 추진되어야 할 것이다.

미군 주둔 시절, 미군부대 주변 상권은 호황을 누리며 지역 경제를 선도했다 해도 과언이 아닐 것이다. 그도 그럴 것이 1960~1970년대 우리나라는 외국으로부터 원조를 받던 시기였다.

의정부뿐 아니라 동두천, 파주, 평택, 춘천, 부산 등 미군이 주둔하던 도시는 미국의 경제가 워낙 우리나라보다 우위였기에 지역 경제에 막대한 영향을 끼쳤다. 적어도 미군부대 시설을 평택으로 이전하기 전까지는 그랬다.

2014년 평택 미군 기지가 준공될 즈음 의정부에 있던 미군부대들이 하나둘씩 평택으로 떠났고 미군 기지는 대한민국 정부로 반환됐으며 국방부에서 관리하는 토지가 되었다.

십수 년이 지난 지금도 개발 계획이 묘연한데 시간보다는 방향성이 맞는 개발 계획이 수립되기를 기대해 본다. 일본의 오키나와의 경우도 그렇고 필리핀의 경우도 미군반환공여지를 기회의 땅으로 활용했다.

1974년 일본은 '방위 시설 주변의 생활 환경정비 등에 관한 법률'을 제정하고 피해 지역을 지원했다. 2002년 '오키나와 진흥 특별 조치법'이 제정돼 진흥 계획이 결정되는 등 반환과 활용에 관한 큰 진전을 이뤘다. 이런 노력 끝에 2005년까지 반환된 주일 미군 공여지 중 북부 훈련장은 리조트 · 호텔 용지로, 나하 공 · 해군 보조 시설 부지는 주택 공급 용지, 차넨 보급 지구는 골프장으로 활용하는 등 다양한 개발로 이어졌다.

필리핀도 정부가 주도해 눈부신 성과를 낸 사례로 손꼽힌다. 필리핀은 미군 기지의 철수와 함께 1992년 제정된 '기지 전환 개발법'에 근거해 피델 라모스 당시 필리핀 대통령은 미군 반환공여지를 경제특구로 지정하고 인허가와 규제 해제를 실시하고 외국인 투자 유치에 앞장섰다. 이와 함께 '클락 경제특구'의 개발 및 개발 전담 기관인 클락 개발 공사(CDC)를 설립했다. 클락 경제특구의 토지 소유주는 대통령 직속 행정 기구로 군사 기지의 전환 및 개발을 담당하는 기지 전환 개발청(BCDA)이다.

이러한 노력으로 클락 경제특구는 3개의 공단을 포함, 제조 시설, 농업 단지, 국제공항 등 종합 복합 시설이 입지하게 돼 제조업과 서비스업, 레저 도시가 결합된 복합 도시로 재탄생했다. 미해군이 주둔했던 인근 도시인 수빅은 해양 물류와 휴양지로 개발되었다.

나는 CRC 개발 계획을 좀 더 잘 수립해 보려고 2013년 계획에 없던 일본 (오키나와)과 필리핀(수빅 · 클락) 해외 출장을 시장께 건의했다. 당시 출장 통제 부서에서는 해외 출장을 불허했으나 시장의 지시로 우여곡절 끝에 시장의 해외여행 경비 일부를 지원받아 출장을 다녀왔다.

공무원이 보통 공무 여행을 갈 때면 여행사를 통해 가는 게 과거도 지금도 일반적이다. 그러나 우리 팀은 여행사를 통하지 않고 비행기 티켓팅, 숙박 예약, 렌터카 예약 등 직접 직원들이 수고를 해 주었다.

나는 이후 몇 차례의 해외 공무 출장을 갔는데 모두 자유여행 방식으로 하였고 기관 방문 때만 일시적인 통역을 이용했다. 우리 팀은 오키나와현 청 방문을 위해 현청으로 협조 공문을 보냈는데 현청 기자실에 공문이 공유가 되었는지 NHK(일본 공영 방송사)에서 취재를 나왔다.

이 덕분에 NHK 오키나와 저녁 뉴스에 우리 팀의 모습이 소개됐다. 광역 지자체나 기초지자체장이 방문한다 해도 지역 뉴스에까지 소개되는 사례 는 없는데 특이한 경험을 하기도 했다. 귀국 보고서는 NHK 뉴스 동영상으 로 갈음 보고하기도 했다. 위에서 언급한 바와 같이 미군 공여지는 정부 주도로 개발이 되어야 그 지역민에게 수혜 혜택이 많이 갈 수 있다. 우리나라 사례를 보더라도 서울 용산기지는 국가 주도로 '용산공원 조성 특별법'을 제정해서 정부 주도하에 용산공원이 탄생된 바 있다.

의정부는 서울보다 재정 자립도도 현격히 낮다. 토지 증발도 재정이 열악한 기초지자체에 개발을 맡길 것이 아니라 기초지자체의 의견을 받아 국가 주도로 개발을 해야 한다는 게 나의 생각이다. 그러기 위해서는 특별법 제정이 필요하다. 법은 국회에서 만든다. 기초지자체에서는 할 수 없는 일이다.

2024년 1월 홍선권역국장으로 임용된 나는(이후 2024년 7월 홍선 · 호원 권역국장으로 통합된다. 7개 동을 관할하고 의정부 갑 국회의원 선거구와 동일한 관할구역의 행정을 총괄하게 된다) 22대 국회의원 선거에서 국회의원 후보자들의 관심을 유발하기 위해 연초 업무 보고도 CRC 내부 교회에서 위와 같은 내용을 주민들께 업무 보고했다.

시장이 권역별 주민들과 2개월에 한 번 정도 티타임을 갖는데 CRC 사령관 집무실 앞에서 개최하기도 하였다. 의정부는 과거 경기북부의 수부 도시로 경기북부의 심장 역할을 해왔다. 미군부대에 의한 경제가 좋았던 시절이었다고 볼 수 있다. 그러나 지금은 다르다. 좁은 시의 면적과 수년째 40만 후반에 머무르고 있는 시의 인구수, 먹거리 부재 등이 고민거리다.

과거 경기북부의 심장 역할을 했던 의정부로의 환생을 위해 CRC 반환공여지는 기회의 땅이라고 생각한다. 역사성이 풍부하고 고전적 건축 양식도 200여 개 동이 있으며, 골프장, 수영장 등 휴양 시설과 숙소로 사용할 수 있는 막사(생활관)도 보유했다. 이를 활용한 국가 관광단지로의 개발을 통해 의정부 시민의 먹거리를 창출하고 그곳에서 의정부 시민이 휴식할 수 있도록 해야 한다. 그리하면 '경기북부의 심장, 다시 뛰는 의정부'가 반드시 될 것이라고 믿는다.

"어려움이 있는 곳에 기회가 있다."

노자

CRC 교회에서 2024년 업무 보고하는 필자. 업무 보고 후 주민들과 기념 촬영

오키나와 미군반환공여지 현장 학습 갔을 당시 NHK 뉴스에 보도된 의정부시 공무원들의 모습

북한산 사패터널이 환경 파괴?

2003년 7급 공무원으로 동향 업무를 담당했을 때의 일이다. 지역 국회의원의 검찰 조사, 효순이 미선이 미군 장갑차 사망 사건에 의한 미2사단 앞 전국적 집회, 뺏벌마을 종중 땅 임대료 인상 문제, 교도소 앞에 망루를 설치하고 미군부대 추가 건설을 반대하는 집회 등 큼지막한 갈등들이 많았지만 서울외곽순환도로 사패터널 공사 반대 문제는 의정부뿐만 아니라 사회적 이슈가 되었던 사건이었다.

집단 민원을 관리하는 동향 담당자로서는 2002년과 2003년이 가장 바쁜 시기가 아니었나 생각된다. 왜냐하면 동향 담당은 현장에서 반대하는 주민들의 의견도 청취해 보고해야 하고 대책도 강구하기 때문이다.

서울외곽순환도로는 서울 및 수도권의 교통난을 해소하기 위해서 2001년부터 서울외곽순환도로 일산~의정부~퇴계원 구간(36.3km)을 조성했다. 그러나 착공한 지 5개월 만에 불교계와 환경단체의 반발로 공사가 중단됐다. 이 구간의 공사는 2006년 준공할 계획이었다.

외곽순환도로 127km의 공사를 진행하던 중 마지막 4km의 터널 공사를 마무리하지 못하고 중단된 것이다. 도로 공사가 끝나면 일산~퇴계원 구간 소요 시간이 1시간 10분에서 25분으로 단축되는 등 의정부뿐만 아니라 경기동북부와 서울 도봉구, 노원 지역에서 강남까지의 소요 시간이 30분 이내로 줄어들 것으로 예상되는 수혜자가 많은 공사였다.

경기북부 지역의 불편한 도로망이 해소되는 게 늦어지자 의정부 시민들은 반대 성명을 발표하고 시청 앞 잔디 광장에서 수차례에 걸쳐 공사 재개 요구와 사패터널 공사 찬성 집회를 열며 시위를 이어갔다. 공사를 강행하려는 측과 반대하는 측과의 마찰은 폭력 사태까지 가는 등 극과 극의 상황으로 대치하기도 했다.

송추 농성장 난입과 관련해서 정법수호회 회장 일공 스님 등 승려 3명과 황 모(K용역업체 팀장) 씨, 용역 업체 직원 4명 등 모두 7명이 폭력 행위 등 처벌에 관한 법률 위반 혐의로 구속되고, 84명은 불구속 입건되는 사건도 벌어졌다.

의정부에서 벌어지는 주요 동향 파악이 임무였던 나는 문체부 장관의 회룡사 방문이나 농성장 움직임 등의 동향을 파악하기도 했다. 2년여 간의 공사 중단에도 불구하고 새로운 공법을 사용해 2007년 말 서울외곽순환도로는 개통됐다.

사패터널은 편도 4차선 쌍굴 터널로 세계에서 가장 긴 광폭 터널이며 지금도 터널 입구에는 세계 최장 광폭 터널이라는 표지석이 세워져 있다. 사패터널의 개통으로 서울외곽순환도로 127km가 서울을 중심으로 순환하게 되어 좀 더 편리한 교통망이 확충되었다고 볼 수 있다. 이후 도로의 명칭은 서울의 외곽을 부각하는 명칭이라는 지역 주민들의 의견을 반영하여 수도권순환고속도로로 명칭을 변경했다.

이처럼 공익의 목적으로 집행되는 도시 시설물 공사가 이런저런 이유로 반대에 부딪혀 상당한 금액의 사회적 비용이 지불되는 사례들은 계속해서 발생되고 있다. 이런 모든 비용이 세금으로 충당되기에 반대를 위한 반대는 지양해야 하고 사업을 추진하는 기관에서도 법적 요건 외에 사회적 파장을 불러일으킬 수 있는 부분까지도 세심한 검토를 하여 시공해야 한다. 사회적 갈등과 사회적 비용을 감소시키는 노력이 매우 중요하다고 판단된다.

문명이 발달되면서 자연을 보호한다는 논리보다는 사람들의 편익을 위해 개발을 하고자 하는 사람들의 논리로 필요 이상의 자연이 훼손되는 것 또한 사실이다. 농촌이 도시화되고 자연적으로 생성된 마을에 살던 사람들은 일자리를 위해 도시로 모이게 되고 도시가 포화 상태가 되기 때문에 대형도시 주변에 규모가 작은 위성 도시들이 생겨나게 된다. 이러한 도시들을 연결해 주는 도로망은 필수 불가결한 것이라고 할 수 있다.

개발론자와 자연 보호, 환경 보호론자들의 논리도 중요하지만 사람들이 살아가는 데 기본적으로 필요한 도시 시설들을 건설하는 것은 필요충분 요건이라고 생각된다. 여러 기초자치단체에서 겪는 쓰레기 소각장 건설 문제와 화장장 건설 문제 등은 사람이 살면서 꼭 필요한 시설이다. 다만 어느 지역에 건설이 되느냐에 따라 해당 지역민들의 반발이 거센 경우가 있는데 기피시설로 인식된 시설인 만큼 그 지역민들에게 적절한 인센티브가 적용되는 것이 바람직할 것이다.

도시에서 꼭 필요한 시설임에도 불구하고 대안 없이 반대만을 하는 것은 같이 살아보자는 대전제를 던져 버리는 것과 같다. 반대를 위한 반대를 주장하시는 분들에게는 냉철한 사고가 절실히 요구되는 시대가 아닌가 싶다.

여러 국책 사업들이 추진되다 중단되어 공사 금액 외에 사회적 비용 즉, 세금이 쓰인 사례는 많다. 사례들을 살펴보면, 평택 기지 이전 반대 537억, 그 유명한 도롱뇽 사건인 천성산 터널 공사 반대 15억, 새만금 건설 반대 159억, 부안 방폐장 반대 532억, 북한산 사패터널 반대 57억 등 무수히 많은 사회적 비용이 발생됐다.

소수의 의견도 중요하지만 민주주의의 원칙은 다수결의 원칙이 가장 상위의 가치라고 생각된다. 앞에서도 언급한 바와 같이 공직자들은 공익을 목적으로 하는 모든 사업을 추진할 때 법적인 요건 외에 소수의 의견도 참고하여 사회적 갈등을 최소화하는 것이 중요하다.

시민들도 나 하나의 불편함이나 피해보다 더 많은 시민들의 불편을 해소

시켜 주는 사업들에 대해서는 백번 양보하는 성숙한 자세가 필요할 것이다. 물론 피해 본 분들에 대한 인센티브는 적정하게 사회에서 보상을 해 주어야 할 것이다. 적정한 보상이 전제된다면 지역민들이 오히려 유치를 위해 애쓰는 경우가 많아지지 않을까?

"자신은 결코 우리를 속이지 않는다. 우리를 속이는 것은 언제나 우리 자신이다."

축제는 왜 하는가

송산2동사무소 사무장에 임용되었다. 38세가 되던 해 여름 2004년 7월 이었다. 1998년 송산동(이후 송산1·2동 고산동으로 분동된다)에서 총무 일을 했었던 지라 관내 일반적인 사항은 대충 파악을 하고 있었지만 1,000 여만 원의 축제 예산이 집행이 되지 않고 있었다는 사실을 9월에서야 알게 됐다.

예산이 성립되었다는 것은 계획이 있었다는 뜻이었는데 페이퍼상 계획 이 없었다. 물론 사정상 집행이 불가하면 연말에 예산을 반납하면 될 일이 기는 하다. 그렇지만 시간이 없다는 이유로 예산을 반납하는 것은 주민들 에게도 설명이 불가하다고 생각된다. 자칫 일하기 싫은 공무원으로 비칠 가능성도 있을 것이다.

당시 박종철 동장(이후 지방의회 의원 선거에 나가 의장직을 한다)은 2개 월간의 사무관 임관 교육 중이었다. 나는 사무장을 하며 동장의 역할도 해야 했다. 축제의 주제를 무엇으로 할지 며칠 밤을 고민하던 중 지명을 알리고 충효의 고장으로 지역 이미지를 밸류 업 해보고자 '송산 문화제'라는 타이틀로 축제를 하면 되겠다는 생각을 떠올렸다.

송산이라는 지명은 송산(松山) 조견이 "충신은 두 임금을 섬기지 아니한다." 하여 새 왕조의 부름을 여러 번 받았으나 벼슬을 버리고 이곳에서 한거(閑居)했다고 하여 유래된 지명이다.

타이틀을 정했으므로 부랴부랴 단체장 회의를 소집하고 '송산 문화제'라는 축제 계획을 수립해서 동의 자생단체장들께 각 단체별 역할 등을 설명했다. 단체장들의 의견을 수렴하여 10월에 '송산 문화제'라는 축제를 이틀 동안 진행했다. 축제기를 제작해 동사무소 주변 주요 도로변에 걸고 축제 분위기를 한껏 돋웠다. 축제기 도안은 우표를 도안하는 친구 어부인에게 부탁하여 해결했다. 동 단위 행사에서 1,000여만 원의 예산으로 축제기 도안까지 해서 제작한다는 것은 어림없는 발상이었기에 지인 찬스를 활용한 것이다.

왕실 행차 시가행진도 선보였는데 의정부문화원에서 의상을 대여하고 왕비도 선발해 그럴듯한 왕실 행차를 재현했다. 분장은 관내 미용실 원장들을 찾아다니며 협조를 부탁했다. 조선의 개국에 참여하지 않고 고려 왕조와의 절개를 지킨 조견, 원선, 이중인, 김양남, 유천, 김주 등 여섯 분의 뜻을 기리고 제사를 지내기 위한 사당인 송산사지라는 곳이 있다(민락 택지 개발을 한 이후에도 송산사지는 현재까지 보존 중이다).

문중에서 매년 지내고 있는 제향 행사를 학교 운동장에서 시연하는 행사도 가졌다. 문중에서는 고마움의 표시로 소정의 금액을 축제에 써달라며 기부하기도 했다. 축제하면 빠질 수 없는 공연 행사는 마지막 날 동사무소 옆에 자리한 '다리목 공원'에서 행해졌다.

당시 축제를 축하해 주기 위해서 방문한 김문원 시장께서는 3,000여 명 정도의 주민들이 축제를 즐기는 모습을 보고 현장에서 "다른 동에서도 축제를 개발, 동 단위 축제를 매년 개최하는 것을 검토하라."고 지시하기도 했다.

녹양동 '군마 축제', 흥선동 '흥선대원군 축제', 신곡동 '청룡 축제' 등이 이때부터 태생하게 된다. 일이 많아지니 공무원들은 좋을 리가 없었고 그 일의 원흉인 나 또한 주민들에게는 호평이었지만 직원들에게는 악평을 받기도 했다. 주민과 함께 만드는 축제는 주민 간 화합에는 최고의 이벤트임에는 분명하다. '송산 문화제'라는 축제는 동 단위 행사치고는 시끌벅적하게 마무리되었다.

축제는 개인 또는 집단에 특별한 의미가 있는 일, 혹은 시간을 기념하는 일종의 의식 행사라 할 수 있다. 그러므로 축제는 사회 구성원들의 결속력을 강화하는 소통의 수단이 되기도 한다. 최근에는 축제가 지역기반 문화

사업으로 인식되면서 경제적 가치와 놀이 문화의 관점에서 주목을 받고 있다. 요즘은 체험 프로그램을 위주로 하는 축제도 큰 인기를 끌고 있다. 화천에서 매년 열리는 '산천어 축제'가 그 대표적 축제라 할 수 있다.

2015년 신곡2동장으로 근무할 때의 일이다. 동사무소 주변에는 동오마을이라는 먹거리 타운에 100여 개가 넘는 음식점이 있는데 상인회가 막 창립하려고 준비를 하던 중이었다. 나는 지역의 동장으로서 상인회 발족을 적극적으로 지지하고 지원했다. 주민자치센터에서는 스포츠 댄스, 서예 등 창작 문화 활동 프로그램들이 운영되고 있었다. 하지만 이들이 갈고닦은 실력을 누구에게 보여줄 기회가 마련되어 있지 않았다.

주변 상권도 살리고 주민자치센터의 프로그램도 활성화시킬 수 있는 방안으로 나는 축제를 기획했다. 동오마을은 '오동나무가 많은 동쪽에 있는 마을'이라는 지명의 동오리(東悟理)에서 유래됐다. 이때도 역시 지명을 활용하여 '동오마을 축제'를 만들었다. 문제는 축제 예산이었는데 이번에는 예산이 0원이었다.

좋은 방법이 없을까 고민하던 중 당시 주민자치위원장인 김성군 위원장(현재는 요식업 조합 의정부지부장)을 찾아가 주민자치 기금을 활용해 축제를 하자고 제안했다. 위원장도 주민자치 프로그램 수강생들이 실력을 뽐낼 수 있는 장인 것을 아는지라 흔쾌히 주민자치회 기금 500만 원을 사용하겠다고 했다. 그 돈만으로 축제를 개최한다는 것은 불가능했다.

상인회를 발족시킨 김수곤 동오마을 상인회장을 찾아가 축제 개최를 제안했다. 상권이 활성화되고 축제 당일 사람들이 많이 모이니 당일 매출에도 큰 영향을 받을 수 있다는 것을 잘 아는 상인회장도 흔쾌히 상인회 회비로 500만 원을 지원하기로 약속했다. 이러한 과정을 거쳐 주민자치회와 상인회 공동으로 '제1회 동오마을 축제'가 탄생하게 된다.

주변 환경 정리가 새로운 골칫거리였다. 역시 환경을 정비할 수 있는 예산은 0원. 사업 부서를 찾아다니며 당해 연도 집행 잔액을 동오마을에 집행해 줄 것을 요청했다. 지역경제과에서는 동오마을 현판을, 도로과에서는 나이테 문양의 도로를 채색했다. 골목 전체에 색을 칠하면 좋겠지만 예산이 허락하지 않아 부분적으로 도색하되 의미 있는 모양이 뭐 없을까 고민하던 중 디자인 부서에서 아이디어를 냈다. 오동나무가 많은 마을이라는 지명 유래를 가미하여 오동나무의 나이테 모양의 도색을 떠올려 도색 비용을 절감할 수 있는 방법으로 도로를 채색한 것이다.

또한 상가에서 자발적으로 꽃을 내어놓을 수 있도록 가게 입구를 가장 잘 꾸며 놓은 가게를 선정하는 '아름다운 가게 콘테스트' 이벤트 행사도 추진했다. 축제는 주민들의 한 땀 한 땀으로 콘텐츠가 만들어졌고 1,000여 명이 넘는 관객들로 동오마을이 북적댔다.

축제 이후 동오마을 가게 임대료가 10만~30만 원 올라가는 부정적인 결과도 초래했지만 당일 상점당 100여만 원 이상의 매출 증가 효과를 올렸다. 동오마을 축제는 성공적인 축제로 자리매김해서 10여 년이 지난 지금까지도 매년 축제를 개최하고 있다. 축제 하나가 의정부를 대표하는 먹거리 타운으로 재탄생하는 계기를 만든 사례가 된 것이다. 이처럼 축제는 목적이 뚜렷해야 성과도 뚜렷하게 나온다고 생각한다.

"인생은 축제다. 즐겁게 살지 않는 것은 죄다. 나를 괴롭히는 사람들에게 최고의 복수는 그들보다 즐겁게 사는 것이다."

무라카미 류

동오마을 축제 장면. 동오 먹거리 타운 간판 제막식. 나이테 무늬 도색

주민들로부터 받은 감사패

병원이 고향인 두 아이

나는 슬하에 딸과 아들, 2명의 자녀가 있다. 소위 말하는 200점짜리 부모인 셈이다. 우리 세대 때부터 자녀가 1명인 경우가 많았는데 자식 키우기 힘든지도 모르고 2명을 덜컥 낳아 어떻게 키웠는지도 모르게 모두 성인으로 잘 성장해 주었다.

물론 아내의 노고였다고 생각한다. 나는 바쁘다는 핑계로 아이들을 잘 돌보지 못했다. 장녀인 딸아이는 세상사가 왜 그리 궁금했는지 당초 예정일보다 두어 달 정도 빨리 세상에 나왔다.

사무실에서 근무하고 있는데 어머니로부터 전화가 왔다. 딸아이를 낳았으니 입원에 필요한 물건들을 챙겨 의정부성모병원으로 오라는 전화였다. 당시는 출산 휴가, 육아 휴직 같은 것이 없었던 시절이기에 출산 소식을 들고도 근무를 다 하고 퇴근 후 짐을 챙겨 병원으로 갔다.

집사람에게 얘기를 들어 보니 양수가 터졌는데도 버스를 두 번이나 갈아 타고 병원에 와서 아이를 낳았다고 한다. 수십 년이 지난 지금도 한이 되어 가끔 이야기하곤 한다. 위급 상황에 버스를 갈아타고 병원에 오게 된 상황에 대한 원망이랄까? 아무튼 지금까지 내가 집사람에게 아무 반론도 제기할 수 없는 약점이 된 일 중 하나다.

조산을 했기 때문에 아이의 몸무게는 1.48kg밖에 나가지 않았다. 조산으로 인한 뇌수막염 위험성과 아이의 건강 상태를 설명해 주는 의사의 말에 하늘이 무너지는 고통을 느꼈다. 차라리 내가 아픈 게 낫지 우리 아기가 세상 구경을 하자마자 겪어야 하는 일들이 너무나 가슴 아팠다.

의사의 말을 듣고 난 후 멀찌감치 인큐베이터 안에 있는 딸의 얼굴을 볼 수밖에 없었다. 인큐베이터를 이용할 경우 1,000만 원이 넘는 금액이 든다고 해 걱정도 많이 했다. 당시 두 칸짜리 전세가 600만 원 정도였으니 박봉인 공무원 월급에 비용 부분도 걱정하지 않을 수 없었다. 다행히 그해부터 의료 보험이 적용돼 큰 비용을 치르지 않고 한 달 조금 넘는 기간의 인큐베이터 생활을 마친 딸아이를 집에서 볼 수 있었다.

1995년 4월에 결혼해서 12월에 첫아이를 낳았으니 허니문 베이비였던 것이다. 세계인의 축제일인 크리스마스가 사흘 남은 밤의 일이었다.

가족계획을 별도로 하지는 않았지만 5년이란 세월이 흘렀다. 둘째 아이를 출산할 때는 반드시 산모 옆에 있어야겠다고 마음먹고 있던 중 휴일에 산통이 시작돼 첫째 아이를 낳았던 의정부성모병원으로 갔다.

이번에도 예정일보다 한두 주 빠른 출산이었다. 첫아이와는 달리 이번에는 휴일이어서 버스가 아닌 내 차로 이동했다. 일단 첫아이 출산 때보다는 많이 점수를 딴 셈이다. 새벽에 입원해 동이 트고 한참을 지나서도 간헐적인 산통만 있을 뿐 출산은 하지 못했다. 산통으로 아픈 사람도 힘들겠지만 산통을 겪는 사람 옆에 있는 나도 많이 지쳤다.

병원 앞에 있는 목욕탕에서 좀 씻고 오겠노라고 하고 샤워를 하고 돌아왔다. 집사람은 분만실로 옮겨졌고 출산하기 바로 직전이었다. 원래 분만실에 보호자 출입이 제한돼 들어갈 수 없었는데 만류하는 간호사를 뿌리치고 분만실로 들어가 둘째 아이를 볼 수 있었다. 그때의 내 느낌은 장인어른과 꼭 닮은 모습이었다. 둘째 아이는 첫째보다는 몸무게가 조금 더 나가 2.16kg이었다. 하지만 역시 조산에, 몸무게도 정상보다는 적었기 때문에 인큐베이터 생활을 할 수밖에 없었다.

이번에도 여러 가지 가능성에 대해 의사의 설명이 있었지만 첫아이 때와는 달리 그리 크게 걱정되지 않았다. 한 번의 경험이 있었기에 잘못될 가능성에 대한 얘기는 귀에 들어오지 않았다. 일주일 동안 퇴근 후 매일 병원에 들러 둘째 아이를 면회했고 바뀌는 간호사들에게 케이크를 선물하며 아이를 잘 돌보아 줄 것을 당부했다. 둘째 아이가 퇴원하기 하루 전 병원에 다니느라 힘들었는지 애는 아내가 낳았는데 내가 코피가 터져 멈추지 않아 입원하는 불상사가 일어났다. 갓 태어난 둘째 아이는 퇴원하고 나는 입원을 하여 열흘 동안 병원 신세를 졌다. 2000년 7월은 그렇게 지나갔다.

우여곡절 속에 세상에 나온 딸과 아들의 고향은 의정부시 천보로 271 의정부성모병원이 되었다. 둘 다 인큐베이터를 거쳐 세상에 나온 공통점이 있다.

"가장 귀중한 교육은 가족한테서 얻는다."

톨스토이

평생 간직할 이별

임종(臨終)은 죽음을 맞이하는 순간을 뜻하며, 사람이 죽기 직전 가족들이 곁에서 숨이 끊어지는 순간을 함께하는 것을 의미한다. 함께 곁을 지키고 있는 가족들이 유언을 듣고 받아 적으며 죽음을 확인하는 하나의 의례이나 요즈음 대부분 병원에서 임종을 맞이하는 경우가 많기 때문에 절차가 지켜지지 않는 것이 통례일 것이다. 옛날에는 부모의 임종을 지키지 못하면 불효자라 얘기하기도 했다.

1995년 5월 누님이 암 판정을 받고 투병하다 온몸에 전이되어 가망이 없다는 의사의 진단을 받고 가능동에 있는 누님 집에서 생을 마감하기 직전이었다. 아버지와 어머니는 가능동에 있는 누님 거처에서 생활하다시피 하셨고 나는 결혼한 지 3개월이 채 안 되었기에 가끔 저녁에 누님을 병간호하기 위해 누님 댁에서 자곤 했다. 고생만 하시다가 가시는 누님이 안쓰러워 잠이 오지 않았다.

누님은 중학교를 중퇴하고 어려운 집안 살림에 보탬이 되고자 녹양동에 있는 봉제공장에서 일을 하며 청춘을 바쳤다. 그런 누님이 세상을 떠난다니 가슴이 아려 도저히 잠을 잘 수가 없었던 것이다. 새벽 시간 누님의 신음에 누님이 누워 계신 방으로 달려갔다. 옆에는 아버지와 어머니가 누워 주무시고 계셨다. 나는 누님의 발과 손을 주무르며 누님이 이 세상을 떠나지 않기를 눈물로 애원했다.

부모님이 자식의 가는 모습을 보면 그 아픔이 가슴에 얼마나 한으로 남을까 하는 생각에 북받치는 울음을 참으며 누님의 임종을 지켜볼 수밖에 없었다. 거친 숨을 몰아쉬는 몇 분 동안의 힘든 호흡을 뒤로하고 누님은 그렇게 세상을 떠났다. 누님이 눈을 감고 난 후 정신을 차린 나는 아버지를 먼저 깨웠다. 숨을 거둔 것을 확인하고 어머니를 깨웠다. 어머니는 실신하셨다. 1km 정도 떨어진 중앙병원에 구급차를 불러 어머니를 입원시키고 누님은 의정부의료원으로 안치시켰다.

그야말로 줄초상이 날 수도 있는 상황이었다. 정신없이 누님을 안치시키고 매형에게 연락했다. 매형은 출근 문제로 누님을 돌보지 못했고 부모님이 간병을 맡아 하셨다. 가끔 내가 가서 부모님이 쉬실 수 있게 밤을 지새우곤 했던 것이다. 병원 장례 예식장에 상가가 차려지고 조문객들이 조문을 왔는데 모두 매형의 지인들이었고 조문할 때 부의금을 놓고 가는 모습이 나는 왜 그리 꼴 보기 싫었는지 난리를 치기도 했다. 누님은 이 세상에 없는데 시

댁 식구들은 예를 차리며 조문객을 받는 것이 못마땅했던 것 같다.

누님 나이 36세가 되던 1995년 5월 26일(음력 4월 27일)이었고 내 나이 30세가 되던 해의 잊을 수 없는 슬픈 기억이다. 36세 짧은 생을 고생만 하다 떠나신 누님이 하늘나라에서는 부디 아프지 말고 동생들 때문에 못 했던 공부도 하고 평안하게 지내시기를 소원한다.

속칭 불알친구가 급성 간경화로 입원해 있는 병원으로 문병을 가자고 친구에게 연락이 왔다. 병원에 입원해 있는 친구는 평소 술을 좋아해서 거의 매일 소주를 마시고 가끔 전화를 하여 술자리를 하자고 보채기도 했다. 하필이면 바쁜 날 연락을 해오길래 몇 번 거절하기도 했는데 간경화로 입원을 했다니 오히려 잘 된 거 아닌가 하는 생각도 들었다.

병실 문을 들어서며 입원해 있는 친구를 보고 깜짝 놀랐다. 손과 발이 모두 묶여 있었다. 아마도 통증 때문에 발작을 하니 손발을 묶어 놓은 듯 보였다. 입에서는 피가 흐르고 있었다. 대화는 불가능했고 안타까운 마음에 서로 눈빛만 주고받으며 바라보고 있었다.

한참의 시간이 흐르고 친구는 고통스러운 눈빛을 하며 나를 쳐다봤다. 그리고 그 눈빛 그대로 나를 쳐다보며 눈을 뜬 채로 세상을 떠났다. 나는 벽에 걸린 시계를 보았다. 11시 12분이었다. 눈을 뜬 채로 사망한 친구의 눈을 손으로 감겨 주고 같이 영안실로 향했다. 아직 몸에는 온기가 가득했다.

그렇게 친구는 떠나갔다. 문제는 그다음 날부터 11시 12분만 되면 무의식 중에 시계를 보게 되는 습관이 생겨 잠을 못 자는 현상이 나타났다. 그 시간을 넘기려고 술도 마셔 보고 바쁜 일을 만들어 시계를 보지 않으려 노력했지만 허사였다. 술을 마시다가도 문득 시계를 보게 되고 그 시간은 11시 12분. 다른 사람과 약속을 잡고 대화를 하다가도 시계를 보면 11시 12분. 정말 신경증에 걸릴 정도였다. 이런 증상은 수개월 지속됐고 친구들에게 고민을 토로하니 굿을 한번 해보라고 권유하기도 했다. 수개월 고생한 뒤 그 시간대 시계를 보게 되는 현상이 사라졌다. 지금 생각해도 끔찍한 일이었다.

또 다른 문제는 불알친구 7명이 있었는데 장례 예식장 영정 앞에서 향을 피우며 가장 슬퍼한 친구가 하나둘씩 저세상으로 떠나는 것이었다. 미신 같은 일이기도 하지만 실제로 그랬다. 건설 현장에서 사고로 가는 친구가 있는가 하면 교통사고로 세상을 떠난 친구, 심지어 우울증 증세로 스스로 목숨을 끊는 친구까지 각기 다른 유형으로 친한 친구들이 1명씩 세상을 떠났다. 그 이후로 우리 친구들은 모임을 하지 않고 지금도 몇 년에 한 번씩 안부만 전하는 사이로 지내고 있다.

송산2동 사무장으로 근무를 할 때의 일이다. 2005년 7월 초 아버지께서 10여 년 전 심장 수술 후유증으로 청량리에 있는 성○○○병원에 입원하셨다. 10여 년 전 수술하실 때 가슴을 열고 12시간가량 수술을 하셨는데 보호자가 수술하는 장면을 보며 설명을 들어야 한다고 했다. 가족들이 보기를 꺼려서 내가 수술실로 가서 김○○ 주치의로부터 수술에 대한 설명을 들을 수 있었다.

아버지의 열린 가슴 안으로 장기들이 시선에 들어왔다. 죽어 있는 모습과 그리 다르지는 않았고 외부 기계에 의해 심장은 뛰고 있었다. 간은 붉은 색이었고 안에 있는 장기들은 깨끗해 보였다. 수술이 성공적으로 끝났었는데 10여 년이 흐른 후 이상 징후가 있어 다시 그 병원에 입원을 했다.

낮에는 어머니가 병간호를 하고 저녁에는 내가 퇴근 후 병원에서 밤을 새고 출근하기를 반복했다. 2주 정도 지났을 때 상태가 호전됐으니 퇴원을 준비하라는 의료진 말에 안도했지만 바로 다음 날 병실 침대에서 쓰러지셔서 중환자실로 옮겼다.

중환자실은 면회가 하루에 한 번 정도여서 병원에 계속 대기를 하지 않아도 되는 상황이었으나 어느 날 면회하는데 아버지께서 눈물을 흘리시며 의사들이 밤에 처치를 잘못해 난리가 났다고 했다. 아버지는 정신이 있으셨기에 밤에 응급실에서 일어난 일로 병세가 악화된 걸 알고 계셨다. 아버지는 나를 보자마자 눈물이 났다고 호소하셨다.

의료 지식은 없었지만 아버지의 말에 의하면 의료진의 결정적인 실수가 있었던 것 같다. 고참 의사가 하급 의사의 실수를 질책하며 구타를 한 것까지 말씀하셨으니 말이다. 나는 의사들에게 엊그제 퇴원하라던 아버지가 왜 이리됐냐고 "아버지가 잘못되면 의료 소송할 테니 그리 알라."고 강하게 항의했다.

하지만 이미 악화된 병세는 호전될 기세를 보이지 않고 3일 뒤 위급하다는 연락에 병원 보호자 대기실에서 대기하던 나는 중환자실로 뛰어 들어갔다. 아버지는 나에게 "어머니 잘 모셔라."라고 눈물을 흘리시며 단 한마디 말을 남기시고 눈을 감으셨다.

너무 어이가 없는 상황이라 눈물도 나지 않았다. 그리고 장례 절차를 위해 청량리에서 의정부로 시신을 옮겨야 했다. 머리가 하얗게 빈 상태가 되어 버렸다. 병원에 입원하신 지 한 달 남짓한 2005년 8월 2일(음력 6월 28일) 새벽 2시 20분이었다.

장례를 치른 후 의료 소송을 제기하려고도 생각했지만 설사 이긴다고 해도 아버지가 다시 살아 돌아오시는 것도 아니고 의료 소송 자체가 너무나 힘든 과정이라는 것을 잘 알기에 포기하고 아버지가 마지막 남기신 "어머니 잘 모셔라."는 유언을 실천하고자 정성을 다하려고 노력하고 있다. 어머니 나이 올해 구순이다.

의회사무국 전문 위원으로 일하고 있을 때다. 휴일이었는데 집사람으로부터 다급한 목소리로 울먹이며 전화가 왔다. "아빠가 이상해. 숨을 못 쉬셔." 나는 얼른 의료원으로 모시라고 하고 전화를 끊고 의료원으로 달려갔다. 처가는 호원동이고 휴일이지만 나는 사무실에 나와 있었다. 사무실은 의료원이 있는 의정부동이었기에 내가 먼저 병원에 도착했다. 장인어른이 처남과 함께 병원에 도착했고 바로 CPR(심폐 소생술)이 시작됐다. 10여 분의 CPR로도 장인어른께서는 호흡이 돌아오지 않으셨다. 한마디 말도 나누어 보지도 못하고 장인어른께서는 떠나셨다. 2018년 11월 10일(음력 10월 3일)이었다.

홍선권역국장으로 있을 때 장모님께서는 입원과 퇴원을 반복하셨다. 의정부에 사는 유일한 자식이 집사람이었기에 매 주말 집사람은 병원과 장모님 댁에서 장모님을 병간호했다. 몇 개월 그리 지낸 것 같다. 12월 19일(음력 11월 7일) 저녁 집사람으로부터 전화가 왔다. 집사람은 울부짖으며 "엄마가 돌아가셨어."라며 흐느꼈다.

나는 옷을 주섬주섬 입고 집에서 10분 거리에 있는 을지병원으로 갔다. 사망을 진단하는 의사가 있었고 집사람은 울먹이며 눈 감고 계신 장모님 옆에 서 있었다. 장모님은 아직 체온을 유지하고 계셨다. 30여 분 뒤에 처남과 처형들이 속속들이 병원에 도착했다.

그날 저녁 아내는 군고구마를 사다 달라고 했다. 군고구마 파는 곳이 별로 없었고 몇 군데 들른 편의점에서도 고구마가 다 팔렸거나 팔지 않는 곳이 대부분이어서 십여 군데의 편의점을 들른 후에야 간신히 고구마를 살수 있었다. 본인이 먹고 싶어 군고구마를 사다 달라고 한 줄 알았는데 장모님이 군고구마를 좋아하셨단다. 그리 장모님도 세상을 떠나셨다. 집사람은 사랑하는 부모님의 임종을 모두 지켰다. 두 분의 임종을 지킨 집사람은 최소한 불효자는 아닌 것이다. 요즘 세상에 효녀 중의 효녀라고 볼 수 있다. 아무튼 집사람은 고아가 되었다.

사람은 태어나서 언젠가는 세상을 떠난다. 오래 살고 싶은 마음은 누구에게나 있을 것이다. 하늘 아래 태어났으면 땅으로 다시 돌아가는 게 순리이다. 조금 먼저 가느냐, 그렇지 않느냐의 차이만 있을 뿐이다. 이승에 있을 때 삶을 아름답게 가꾸고 최선을 다해 열심히 살아야겠다.

곁들어 항상 죽음을 준비하여야 할 것이다. 곁에 있는 사랑하는 가족들이 황망하지 않도록 하나하나 준비하는 마음으로 삶을 산다면 그 또한 보람되고 선한 삶이 되지 않을까 싶다. 삶이란 것이 시간이 지나면 모두 잊히겠지만 말이다.

> "인생은 여행이고 죽음은 그 종점이다."
>
> 드라이든

가족여행에서 행복을 배운다

가족여행은 단순한 여가 활동을 넘어 서로의 유대감을 돈독히 하는 데 큰 영향을 미친다. 가족 모두의 추억이고 시간이 지나면 각자의 추억이 되기도 한다. 장인어른이 충북 주덕면 출생이라 첫아이인 딸이 3살 되던 해 여름휴가를 충주호 근처 송계계곡으로 갔던 적이 있다.

어린 딸이 있어 텐트를 치고 자는 것은 불편할 것 같아 계곡 옆 민박에 머물기로 했는데 첫날 머물렀던 민박에 벌레가 출몰하는 등 도저히 이튿날도 여기서는 잘 수가 없어 두 번째 날에는 계곡 하류 쪽에 있는 보다 깨끗한 민박집으로 옮겨 숙박했다.

하루 종일 계곡에서 물장난을 치고 놀던 딸아이를 저녁이 되어 숙소에 있는 조그만 휴대용 아이스박스에 올려놓고 진 빈센트(Gene Vincent)의 "Be bop a lula." 한 소절을 불러 주면 "뻬–빠빠 룰라 쉬스 마이 베이비." 노래에 맞추어 신이 나서 춤을 추며 아빠를 위한 공연을 해 주던 그 모습이 30

여 년이 다 된 지금까지도 눈에 선하다. 올해로 30세가 된 딸아이인데….

그때의 동영상을 보고 딸아이가 여름 가족여행은 충북 쪽으로 가자고 제안하여 작년(2024년) 가족의 여름휴가는 제천에 있는 포레스트 리솜에서 이틀을 묵기로 하고 여행을 떠났다. 제천 포레스트 리솜은 요즘 젊은이들의 핫 플레이스라고 한다. 첫날은 한 바퀴를 둘러보고 노천탕도 즐겼다. 이틀날 딸아이의 버킷 리스트 중 하나가 패러글라이딩을 해보는 것이라고 한다. 2023년에는 서핑이 버킷리스트 중 하나라 해서 양양 서피비치에서 환갑이 다 돼가는 나이에 서핑을 배워보느라 혼쭐이 난 적이 있다.

패러글라이딩을 하기 위해 전화 예약을 하고 패러글라이딩의 성지라고 불리는 단양으로 향했다. 차로 산 정상에 있는 스타트 포인트를 오를 때만도 별다른 기분을 느끼지 못했는데 항공 복장의 옷을 갈아입고 준비를 하며 심장 박동 수가 점점 빨라졌다.

다른 사람들이 스타트할 때 실패하는 모습을 보고 나는 저러지 말아야지 하고 다짐했지만 정작 내 차례가 되자 마음처럼 되지 않았다. 나는 분명히 떠오를 때까지 힘차게 달렸다고 생각했는데 강사가 생각하기에는 부양을 할 수 있는 속도를 유지하지 못했다고 판단하여 부양 직전에 멈추게 되었다. 아이들 보기에도 민망하지 않을 수 없었다.

굳은 마음을 먹고 두 번째 도약을 시도했다. 죽기 아니면 까무러치기라는 식으로 부족하지만 간신히 도약에 성공했고 이내 발아래 산천들이 눈에 들어오고 모든 게 평온하게 느껴졌다. 함께 비행을 해 준 강사가 "생긴 건 안 그런데 왜 그리 겁이 많냐."면서 이런저런 이야기를 하다 보니 고등학교 대선배님이셨다.

서로 통성명을 하고 인연이 있는 고객이라 좀 더 스릴을 느낄 수 있도록 난이도를 높여 주셨는데 나는 그만 비명에 가까운 소리를 지르며 평범한 스타일로 하강해 줄 것을 간곡히 요청했다. 그도 그럴 것이 나에게는 고소공포증이 약간 있었다. 6~7분의 짧은 비행이었지만 발아래 보이는 단양의 산천은 정말 아름다웠다. 그리하여 딸아이 덕분에 난생처음 패러글라이딩이라는 레포츠를 경험해 보았다.

마지막 날 둘째가 태어나기 전 딸아이와 갔었던 송계계곡으로 향했다. 계곡 상류와 하류를 왔다 갔다 하며 30여 년 전 묵었던 민박집을 찾았으나 시간이 너무 오래돼 기억에 잊힌 것인지 건물이 없어진 것인지는 모르겠지만 찾을 수가 없었다.

그 옛날 물장구치던 계곡 옆 식당에서 늦은 점심 식사를 하고 집으로 돌아왔다. 단주한 지 7년이 되어 가는 나는 술을 먹지 않는데 전날 숙소에서 애들 엄마와 아이들이 한잔하며 하는 이야기를 잠결에 들었다. 애들 엄마는 아이들이 성장하는 모습을 육아 일기에 기록하곤 했는데 딸아이가 육아 일기를 보고 이야기하는 거 같았다. 30여 년 전 큰 아이와 셋이 송계계곡으로 여름휴가 왔던 때를 너무 행복한 순간으로 기록해 놨다고 한다. 그래서 이곳을 다시 와 보고 싶었노라고….

　다행히 큰 아이는 큰 탈 없이 잘 성장하여 수도권 대학에서 법을 전공했으나 흙수저인 아버지의 능력에 비례해 로스쿨 같은 것은 꿈도 꿔 보지 못하고 법무 법인 회사에 다니며 착실히 자기 삶을 일궈 가고 있다. 사랑스러운 우리 딸이 늘 건강하고 행복한 삶을 살아갈 수 있기를 소망한다. 행복하거라 딸아!

① 첫아이와의 송계계곡 ② 제주도 엄마 모시고 팔순 기념 여행
③ 딸아이 대학 졸업 ④ 딸아이 버킷 리스트 패러글라이딩 5·6 양양 서핑

"바보는 방황하고 현명한 사람은 여행한다."

토마스 풀러

우리나라의 소중한 대학, 군대

2019년 11월 어느 날 막내인 아들이 입영 통지서를 내밀었다. 고등학교를 졸업한 지 10개월도 채 되지 않은 아들의 행동에 황당하다고 해야 할지 어이없다고 해야 할지. 하지만 마음 한편에는 '많이 컸구나.' 하는 생각도 들었다. 지역 방위인 단기 사병으로 군 복무를 마친 나로서는 19세라는 어린 나이에 대학 가기를 포기하고 고생길이 훤한 군대에, 그것도 손 들고 먼저 다녀오겠다고 지원 입대한 아들을 보며 위로와 격려를 해 주기 위해 서둘러 속초로 가족여행을 다녀왔다.

3일 뒤면 25사단 신병 교육대로 입대할 아들의 앳되고 약간은 걱정스러워하는 표정이 지금도 생생하다. 하지만 대한민국 국민으로서 분단국가인 대한민국의 남자로서 군 복무를, 그것도 선제적으로 지원을 해서 다녀오겠다는 아들이 기특하기도 했다.

예전에는 군 복무자에게는 입사할 때 가산점을 주기도 했지만 남녀 평등

주의가 확산되면서 가산점은 사라진 지 오래다. 남자아이들은 군 복무를 마쳐야 하는 부담감 등이 있어 요즘에는 공직 세계도 6대 4 정도로 여성 공무원들이 늘어나는 추세다.

민원 현장에서 상냥하고 친절하고, 섬세한 여성 특유의 특성을 살려 대민 서비스의 질이 향상되고 있는 장점도 있으나 몸으로 제설 작업을 한다든지 수해 예방 활동을 한다든지 행정의 최접점인 동행정을 수행하기에는 다소 어려움이 많아진 것도 현실이다. 어느 정도 성비가 균형을 이룬다면 좀 더 효율적인 행정 체계가 확립되지 않을까 하는 생각도 해본다. 또한 공직 세계뿐만 아니라 사회 전반에 세대 차이에서 오는 갈등도 심화되어 가고 있다.

내가 태어날 때는 후진국, 개발도상국가였다. 지금 취업하여 직장 생활을 같이하는 세대는 선진국 때 태어난 세대다. 핸드폰을 성인이 되고 한참이 지나서야 만져 본 세대와 태어날 때부터 핸드폰을 가지고 태어난 세대가 함께 직장 생활을 하다 보니 생각하는 모든 것이 기본적으로 다를 수밖에 없다.

서로 다름을 인정하고 세대 간 추구하는 가치를 서로 존중해 줄 때, 세계인이 상상도 못 하는 빠른 성장으로 원조를 받는 국가에서 원조를 해 주고 있는 국가의 국민으로서 자질을 갖추게 될 것이다. 연금 문제 등 세대 간 사회적 갈등을 잘 해소하여 한 걸음 더 도약하는 대한민국이 되기를 기대해 본다.

막내아들은 입대 후 5주간의 신병 교육을 무사히 마치고 포병으로 수개월에 한 번씩 최전방인 GP(Guard Post: 비무장 지대 감시 초소) 생활도 하며 잘 마쳤다. 남들도 다 하는 의무이지만 그때의 늠름한 아들이 대견스럽고 자랑스럽다.

지금 중소기업 디자인실에 근무하고 있는데 성실하게 회사와 자기 발전에 매진해 주기를 당부하는 마음이다. 중용에서 얘기하는 보편적 덕인 지혜로움, 인자함, 용맹스러움을 행하는 방법은 성실이라고 했듯이 아들아, 우리 그리 살자꾸나.

① 입대 일주일 남기고 가족여행 중 ② 신병 교육대 퇴소 ③ 친구와 머리 삭발
④~⑥ 코로나로 외출을 못 나오다 일병 시절 '어버이날' 깜짝 외출하여 효도하는 막내아들

"이 세상에 보장된 것은 아무것도 없으며 오직 기회만 있을 뿐이다."

맥아더

행복을 요리하는 남자

어느 휴일 갑자기 아이들에게 떡볶이를 해 주고 싶은 마음이 들었다. 결혼 전 친구들과 캠핑 가서 설거지 몇 번 해본 게 전부인데 왜 그런 마음이 들었는지는 잘 모르겠다. 분식집에서 떡볶이를 사다 주어도 되련만 애써 내가 직접 만든 떡볶이를 아이들에게 먹여 주고 싶다는 욕구가 들었던 것이다. 정성을 다해 만들었지만 맛은 있을지 걱정하는 마음으로 아이들에게 떡볶이를 내놓자 아이들은 정말 맛있게 잘 먹어 주었다. 그 모습에는 행복이 담겨 있는 듯했다.

사랑으로 요리하는 마음이 진정한 미학이라는 말도 있다. 맛과 정성이 담긴 특별한 음식을 만들어 내는 것은 마치 예술가가 그림을 그리는 것과 같다고도 한다. 아무튼 나는 그 이후 가끔 아이들에게 정성을 다해 떡볶이를 선사했고 요리 실력은 해가 갈수록 발전돼 지금은 딸아이가 좋아하는 시금치무침도 해 주는 경지까지 이르렀다. 물론 김치찌개, 된장찌개는 기본적인 요리 중에 하나다.

주말 아침 8시가 되면 모자를 푹 눌러쓰고 경기북부 최고의 전통 시장인 의정부제일시장으로 가서 식재료를 구입한다. 식구들이 깨기 전에 사 온 식재료를 다듬어 일주일 먹을 밑반찬을 만들어 놓고 주말에만 누리는 늦은 아침을 같이 하기도 한다. '배부르게 해 주기 위해 요리한다.'라는 말은 사랑하는 사람을 위해 더 맛있는 음식을 만들어 주는 것이다. 단순히 배를 채우기 위한 것이 아니라, 상대방에 대한 사랑과 배려가 깃들어 있는 것을 의미한다고 할 수 있다.

명절 때가 되면 여자들은 음식 장만하랴 설거지하랴 명절 며칠 전부터 명절 증후군으로 스트레스가 많이 올라가는 것 같다. 이런 스트레스는 남편에게 그대로 전이돼 즐거워야 할 명절이 그렇지 못한 경우도 종종 있다.

나도 언제부터인가는 조금이라도 일손을 돕기 위해 명절날 발생되는 설거지는 모두 처리하는 설거지 담당이 됐다. 구순인 어머니는 "우리 성복이가 이런 거 할 줄도 모르는데." 하며 아쉬워하고 이 말을 들은 며느리인 집사람은 자기도 귀한 집 자식인데 늘 어머니 자식만 귀하게 생각하는 그 말씀에 서운함을 느끼기도 한다. 50~60년대생들의 경우는 이런 경험들이 있겠지만 아마도 70~80년대생들은 육아와 요리를 분담해서 하는 것이 일반화되어 있을 것이다.

나도 매주 요리하던 것을 이제는 특별한 날에만 솜씨를 부린다. 왜냐하면 계속하면 가사일 중 일부가 내 담당이 되기 때문이다. 어머니 생신 때나 가끔 가져다드리는 밑반찬도 직접 요리하곤 한다. 아들이 휴가 나왔을 때도 직접 요리를 해서 아들에게 집밥을 먹였다. 요리를 해서 아이들이 맛있다고 하며 잘 먹어 줄 때 그 기분, 그 느낌이 너무 좋아 지속적으로 요리를 하게 된 남자. 요리라는 매개체로 인해 가족의 행복감을 느꼈듯이 여성들이 아이들에게 맛있는 음식을 먹이고자 하는 마음을 알 것 같다. 왜냐하면 '요리는 사랑'이기 때문이다.

어머님 생일상 차려 드리기

"우리가 먹는 것이 곧 우리 자신이 된다."

히포크라테스

주경야독 석사 졸업장

송산2동 사무장을 하고 있을 때의 일이다. 하루는 총무를 담당하는 직원이 나에게 다가와 "사무장님 학력이 고졸(검정고시)이시던데 6급 중에 고졸자는 몇 명 안 되니 방송통신대학이라도 다니는 게 어떠시겠냐?"라고 제안했다. 본인도 입학하려고 하니, 같이 다니자는 것이었다.

나는 사실 업무 능력이 중요하지 어느 학교를 나오고 학벌이 어떻고 하는 것이 중요하지 않다고 생각했다. 대학 갈 형편이 안 됐던 내가 공무원을 선택한 이유도 공무원은 시험에만 합격하면 되기 때문이었다. 하지만 총무를 담당하는 직원 얘기가 틀린 것도 아니고 배움이라는 것은 끝이 없지 않겠냐는 생각에 방송통신대 입학 원서를 냈다. 책을 구입하고 혼자 틈틈이 공부를 하면 쉽게 졸업장을 받을 수 있지 않을까 하는 생각이었다.

하지만 첫 시험장에 가서 나의 생각은 산산조각이 났다. 시험 감독 자체가 엄청 엄격했다. 시험을 보다 퇴장당하는 사람도 여럿이 있었다. 국가 고

시 시험장보다 더 엄격하게 운영되는 방송통신대의 중간고사, 학기말고사를 치르며 알 수 있었다. 사회에서 방송통신대 나온 사람들을 인정해 주는 분위기가 왜 형성됐는지 알 수 있는 대목이었다.

낮에는 당면 업무를 추진하느라, 밤에는 집에서 공부하느라 바쁜 시간을 보냈다. 출석 수업을 들어야 기본 점수를 받을 수 있는데 보직이 기획팀장, 인사팀장 등 기초지자체에서 나름 바쁘다는 부서에서 일을 하다 보니 출석 수업을 들을 수 없었다. 출석을 못 할 경우 출석 대체 시험을 봐서 성적대로 점수가 부여되는데 만만한 일이 아니었다. 출석 수업 점수는 30점 만점이었다. 출석 수업을 들으면 기본 점수를 받게 되는데 출석 대체 시험에서 만점을 받기란 정말 어렵기 때문에 학점을 이수하기가 만만치 않았다.

우여곡절 끝에 4년에 졸업을 못 하고 시험에 통과하지 못한 한두 과목 때문에 7년이란 세월을 통해 간신히 대학 졸업장을 받았다. 그래도 열정적으로 일하면서도 밤에 틈틈이 노력한 결과물이기에 나에게는 소중한 졸업장이었다.

행정직 공무원으로 지원 부서에서 주로 일을 하다 보니 도시 분야 쪽으로는 잘 모른다. 기초지자체에서 서기관은 국장 직위로 일하기 때문에 다방면에 알아야 할 이론들도 많다.

서기관 승진을 한 후에도 석사 학위를 받기 위해 대학원의 문을 두드렸다. 낮에는 일을 해야 하니 먼 곳으로 공부를 하러 다닐 수 없기 때문에 사무실에서 20여 분 내에 위치한 신한대학교 도시기반공학과에 원서를 넣고 다시 공부를 시작했다. 관내에 위치한 대학이라 시청 국장이 공부 안 하고 요령만 피운다는 소리를 들을까 봐 하루도 빠지지 않고 출석했다. 공부도 다른 사람들보다 열심히 했다. 리포트도 좀 더 완성도 높게 작성하기 위해 애를 썼다. 그 결과, 2년 뒤 석사 학위를 받으며 성적 우수 학생으로 표창을 받기도 했다.

박사 학위도 도전해 보고 싶었는데 세월은 화살처럼 지나가 이제 퇴직을 앞두고 있기에 퇴직 후라도 박사 학위에 도전해 보려고 한다. 주위에서는 퇴직하면 좀 편하게 생활을 해야지 무슨 공부를 또 하려 하냐고들 하지만 죽기 전까지 공부는 계속해야 한다고 생각한다. 인생 자체도 매 순간 공부의 연속 아니겠는가? 학위가 중요한 게 아니라 배우고 익힌다는 자체가 성숙한 삶을 영위할 수 있는 초석이기 때문이다.

> "내일 죽을 것처럼 살고 영원히 살 것처럼 배워라."
>
> 마하트마 간디

① 석사 학위 사진 ② 방통대 학위식
③ 신한대학원 야간 강의실로 들어가는 뒷모습 ④ 대학원 우수상

초아의 봉사

'초아의 봉사'는 자신의 이해관계를 초월한 이타적 섬김이라는 뜻이다. 지방행정을 하다 보면 소위 말하는 자생 단체 회원분들과 교류하거나 그분들의 활동을 돕기도 하고, 때로는 그분들의 도움을 받기도 한다. 지역의 봉사 단체로는 로터리 클럽, 라이온스 클럽 등이 대표적이고 지역에서 대학 동문, 고교 동문 봉사 모임 등이 있다.

관공서와 연계한 자생 단체로는 주민자치협의회, 통장협의회, 적십자봉사회, 지역사회보장협의체 등등 지역을 위해 봉사하는 단체가 꽤 많이 있다. 동별 10여 개가 족히 넘는다. 공직자의 신분도 남을 위해 봉사하는 일을 많이 하고는 있으나 공직자는 급여를 받고 공익을 위해 일하는 것이고 봉사 단체 회원분들은 자기 돈을 써 가면서 타인을 위한 봉사를 하는 게 다르다면 다른 점이다.

나는 36년 공직생활을 하며 이분들을 볼 때 항상 존경하는 마음을 표한다. 왜냐하면 공직자와 달리 본인의 시간과 비용을 들여가며 남을 위해 봉사하기 때문이다. 겨울철은 어려운 사람들에게 더한 추위를 느끼게 한다. 몸도 마음도 추울 수밖에 없을 것이다. 어려운 환경에 처해 있는 소외된 분들께 각 봉사 단체에서는 김장김치도 담가드리고, 방에 온기를 불어넣어 줄 연탄을 배달해 주는 봉사를 하기도 한다. 거동이 불편해 집을 고쳐 쓰지 못하는 어르신들께는 집을 수리해 드리는 봉사도 한다. 이런 분들 덕에 어려운 이웃의 겨울은 조금이라도 훈훈함을 느끼며 지나갈 수 있는 것이다.

이분들은 몸으로 하는 봉사도 적극적이지만 물질적인 면에서도 지역 네트워크를 활용해 독지가 등과 연계해서 어려운 이웃을 돕거나 직접 기부를 하는 등 지역사회의 소외된 어려운 이웃을 위해 항상 훈훈한 미담을 만들어 가기도 한다.

나도 7개 동을 관할하는 권역의 국장으로서 가끔 이분들의 봉사에 숟가락을 얹듯이 참여함에 주저하지 않았다. 새마을부녀회에서 김장을 담근다면 현장으로 달려가서 같이하기도 했다. 36년 동안 매년 김장 봉사를 하다 보니 웬만한 부녀회원보다 김장 담그는 일은 손놀림이 더 빠르다. 때문에 "국장님은 혹시 전직으로 김치 공장에서 일한 적이 있지 않냐?"는 질문을 받기도 한다.

초교 동창 중에는 '블랙엔젤'이라는 자장면을 소재로 하는 봉사 단체를 대표하는 친구도 있어 때로는 자장면 봉사에 참여하기도 한다. 봉사하시는 분들을 보면 자신의 일처럼 하는 분들이 대부분이다. 남을 돕는다는 그것에 희열을 느낀다고나 할까. 어느 연예인은 대출을 받아 가며 기부를 하기도 한다는 얘기도 들었다. 이처럼 타인을 돕는다는 것은 본인에게 희열과 행복감을 안겨다 주는 것이다.

'초아의 봉사', 이해관계를 초월해서 이타적 섬김을 몸소 실천하고 계시는 자생 단체 회원 여러분들께 오늘도 존경의 마음을 더한다. 아울러 얼마 남지 않은 공직생활에 최선을 다해 마무리를 함은 물론, 퇴직 후에도 지역사회 봉사자분들과 봉사의 길을 걸어야겠다는 생각을 해본다. 아름다운 동행이 기대된다.

① 자장면 봉사 ② 연탄 봉사 장면
③, ④ 김장 봉사

"나는 가장 많은 사람에게 가장 큰 도움을 줄 수 있는 방안을 좋아
한다."

링컨

에필로그

퇴직을 몇 개월 남긴 윤 모 동장님에 대해 주민들에게 들은 이야기이다. 윤 동장님은 어르신들이 주민센터를 방문할 때 턱이 있어 넘어질 것을 우려했다. 주민들은 그가 손수 턱을 완만히 하는 작업을 혼자 하고 있는 모습을 본 적이 있다고 한다. 그때 그 동장님 모습이 선하다며 말을 이었다. 지금도 주민들과 가끔 식사를 하며 교류를 이어가고 있다고 한다.

나의 기억에도 그분 모습이 선하다. 위트도 있고 젊을 때는 꽤 핸섬한 청년이었다. 어느 날 체육진흥회 회의를 관내 모 식당에서 하였는데 회원들의 신발을 가지런히 정리하는 모습을 회상하는 주민도 있었다. 퇴직을 얼마 남기지 않은 사람이 의욕을 가지고 일하는 모습을 보면서 혹자들은 저 사람 일을 더 하려고 하나? 정년 연장을 생각하고 있나? 그리 오해할 수도 있을 것이다.

하지만 퇴직을 남겨 둔 사람은 직장을 더 다니고 싶은 마음이 아니라 마무리를 잘 지으려는 마음으로 안 하던 일에도 세심하게 신경을 쓰는 경우가 있는 것이다. 몇 달 뒤면 다시 하고 싶어도 못 하는 일들을 찾아 하는 것을 보고, 한 공직자의 쓸쓸한 퇴직을 바라보는 주민들의 안타까운 시선을 전하는 이야기였다.

퇴직이 얼마 남지 않은 모 국장이 "요즘엔 직원들도 민원인도 하루 종일 개미 새끼 한 마리 얼씬도 안 한다."고 볼멘소리를 하는 것을 들었다.

나도 이제 퇴직이 불과 1개월 남짓 남았다. 하루하루 스치는 바람 소리마저도 새롭고 놓치기 싫은 그런 느낌이 든다. 비단 공직의 길만 그런 것은 아닐 것이다. 마무리를 잘하고 떠나려는 심정은 모두 같을 것이라는 생각이 든다. 일반 회사 생활도 퇴직을 앞둔 시점에는 좀 더 잘하지 못한 것에 대한 아쉬움이 남을 것이다. '있을 때 잘해.'라는 유행어가 가슴에 와닿는 시기다.

그동안 어렵고 스트레스받은 일들을 생각하면 시원하기도 하지만 정든 직장을 떠난다는 것은 섭섭하고 아쉬움 또한 있을 수밖에 없을 것이다. 나 또한 36년여를 몸담아 오고 시정에 혼신의 힘을 다해 온 것이 어찌 한순간에 잊히겠는가? 퇴직을 1년 6개월이나 남기고 일선에서 물러난 기분 또한 왜 아쉽지 않겠는가? 하지만 퇴직을 1개월여 남긴 지금에는 나의 시간을 갖고 지나온 세월을 한번 정리 할 수 있는 여유도 생기고 지금 이 순간처럼 집필도 해볼 수 있고, 돌이켜 보면 오히려 잘된 일이 아닌가 하는 생각이

든다.

마지막 불을 태운다고 바쁜 부서에서 중요한 역점 사업들을 추진하느라 골머리를 썩이지 않아도 되니 이 또한 복이 아닌가 싶다. 평생을 시민을 생각하며 행정을 보다 더 잘할 수 있는 방법을 생각하며 자신을 돌보지도 못하고 가족이나 미래에 대한 생각 없이 앞으로만 묵묵히 걸어왔던 재직 시절이었다.

후배 공무원께서는 공익을 위한 일에 정성을 다하고 시민을 바라보는 행정을 집행함으로써 주민에게 기쁨 주는 행정을 해 주길 당부드린다. 성과를 중시했던 내가 때로는 불도저처럼 직원들을 독려하여 F4라는 별명도 얻었지만 모두 업무 성과를 위한 것이었기에 양해를 당부드린다. 인생 2막 설계는 하루아침에 되는 것이 아니다. 꾸준히 준비하는 것이 답이다. 일은 일대로 열심히 하되 가끔 자신만의 시간을 가지며 미래에 대한 알찬 설계를 준비하시기를 바란다.

나는 의정부라는 지역에서 공직생활을 했기에 지금까지 그래왔듯이 지역사회에 조금이라도 보탬이 될 수 있는 봉사를 하며 또 꿋꿋이 한발 한발 걸어가고자 한다. 어려운 역경을 딛고 새로운 변화와 성장을 위해 시민의 공복으로 열정을 다해 온 웨이터 출신 공직자의 삶『낮은 곳에서 피운 꿈』을 읽어 주신 모든 분께 건강과 행운이 늘 함께하길 기원드린다.